목요일의 아이

조선 SF 앤솔러지

# 목요일의 아이

곽유진 남유하 범유진 정명섭 지음

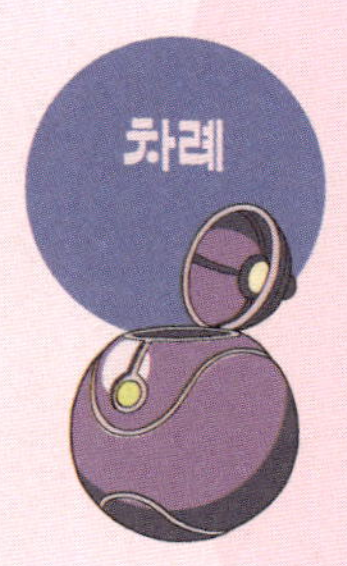

# 차례

# 목요일의 아이

곽유진

"그대는 지금 뭐함?"

이상한 말투였다. 곁눈질이라도 한번 해 주고 싶지만 해가 벌써 떨어지고 있었다. 고개를 돌릴 틈에 광주리에 쑥한 움큼이라도 더 넣어야 했다. 쑥과 내 손 위에서 아른거리는 그림자의 크기를 보고 어린아이란 걸 알 수 있었다.

목향이가 떠올랐다. 목향이가 다섯 살 때 그림자가 저만했으니까. 차가운 흙을 뒤져 쑥을 캐던 손이 뜨거워졌다. 목향이의 이마가 끓는 물처럼 뜨거웠던 그 밤, 내내 이마에 올리고 있던 손에 느껴지던 열기가 다시 살아났다. 다 잊었다고 생각했는데. 눈을 질끈 감았다.

"쑥 캐고 있잖아. 넌 쑥도 모르니?"

여전히 아이를 쳐다보지도 않은 채 광주리에 가득 담긴

쑥을 보란 듯이 내밀었지만 아이는 또 엉뚱한 소리를 하기 시작했다.

"너님은 지금 노동을 하고 있구나. 벌써부터 노동을 하기엔 어린 나이로 사료됩니다. 아니면 취미로 식물을 채집 중이냐? 대답해라 오버!"

무슨 뜻인지 반은 이해가 안 되는 말이었다. 고개를 들어 아이 뒤로 펼쳐진 뒷산을 보니 벌써 해가 얼룩덜룩 붉은색을 날카롭게 뿜으며 모습을 감추려 하고 있었다. 이제 산을 뛰어 내려가면 내내 아궁이 앞을 지키던 덕이 이모가 굽은 허리를 펼 시간이다. 허리를 펴고 솥뚜껑을 열어 밥을 확인하겠지. 밥은 언제나처럼 구수한 냄새를 풍길 테고 이모는 언제나처럼 '오늘도 좋은 밥을 주셔서 감사합니다요' 하고 짧은 기도를 올리기 딱 좋은 시간. 밥을 지을 땐 하늘님께 감사하다 하고, 밤에는 우리 약방에 오시는 손님 모두 씻은 듯이 낫게 해달라고 달님께 비는 이모님. 그런 이모가 나는 물론이고 약방의 천둥벌거숭이 같은 어린것들에겐 엄하고 또 엄했다. 한번은 물 길어 오는 길에 살짝 게으름을 피웠더니 바로 한마디 들은 게 아니겠는가.

"너는 요즘 대감님이 예쁘게 봐주어 약초 공부를 좀 하

더니 이젠 부엌일 따윈 다 잊었나 보구나. 조금만 더 냅두면 과거도 보겠다고 까불겠구나."

해가 뜨기도 전에 일어나 얼어붙은 손을 호호 불어가며 물을 길어 온 사람한테 이런 말이라니. 백날천날 기도하면 무엇할까. 말은 동짓날 얼어붙은 도랑물처럼 차가운데. 그렇다고 거기에 대고 대꾸를 하기는 싫다. 그러면 또 한소리 더 들을 테니까.

서둘러야 했다. 쑥 캐러 와서 노닥거렸다는 소리를 한 번 더 들을 순 없다. 속셈이 무언지 몰라도 우두커니 서 있는 아이도 쫓아낼 수 있으면 쫓아내고 싶었다.

"아이코. 저녁 시간 다 됐네."

손에 묻은 흙을 털며 일어나니 접혔던 허리가 시큰거렸다. 또 한마디 거드는 아이.

"보호자의 동의 없는 청소년의 노동은 법으로 금지되어 있습니다. 청소년 학대 및 상담 전화는……"

그제야 아이의 모습이 눈에 들어왔다. 설날에도 떡을 감지 않았는지 산발한 머리며 너저분한 옷은 기워 입다 못해 이젠 버려야 할 지경이었다. 무엇보다 한 짝만 신은 짚신이 애처로웠다. 처음 보는 아이다. 버려진 아이다. 버려진 아이를 처음 보는 것도 아닌데 눈길을 끌었다.

"얘, 너 이상하고 어려운 말을 많이 아는구나. 너야말로 과거 보러 가면 되겠네. 밥은 먹었니?"

버려진 아이에게 말 걸기란 쉽다. 내가 듣기 싫은 말만 제외하면 되니까.

"그 질문은 매우 어렵습니다. 과거를 이미 보러 왔는데 말이죠. 더 과거로 가란 말인가요?"

"말을 말자. 너 언제부터 거기 혼자 있었니? 어머니는 어디 계시니?"

그렇다고 이상한 아이가 아니란 건 아니다. 이상한 말투에 뻣뻣한 자세. 코 한 번 훌쩍이는 일이 없다.

"언제라니요. 항상 여기 있습니다. 아무튼 혼자 있지 않다. 선생님과 아까부터 함께 했지요. 초면에 엄마 안부를 묻다니. 매너 오지시네요."

반말도 높임말도 분간을 못 하는 아이의 말을 들으니 마음이 철렁했다. 그저 이상한 아이라고 생각했던 게 조금 미안해졌다. 마음이 아픈 아이일지도 모른다.


대감님이 그러셨다. 우리 사람은 몸뿐만 아니라 마음도

가지고 있다고. 그 마음속 어딘가에도 병이 들면 그 사람의 행동과 말이 흙탕물처럼 한 치 앞도 안 보일 수 있다고 말이다. 대감님은 그런 환자일수록 더욱 예를 갖추고 정성스럽게 보살폈다. 대감님은 말로 무언가를 가르치지 않았다. 그 행동이 나를 가르치고 배우게 만들었다. 그래서 언제나 나는 대감님이 오늘은 어떤 표정을 지으시나, 환자를 어떻게 대하나 멀리서나마 유심히 지켜보곤 했다.

그렇게 가르침을 받았던 것이 바로 지난 달이다. 그날도 덕이 이모의 꾸지람을 들을까 눈치를 살피며 부엌을 오가던 중이었다. 이미 약방 식구의 식사가 끝나 그릇을 치우고 설거지를 할 때 대문 밖에서 인기척이 들렸다. 약방에 오는 손님은 거친 숨을 내쉬며 헐레벌떡 뛰어오는 경우가 많았다. 버섯을 잘못 먹고 얼굴이 파래졌다던가 물에 빠진 사람을 건져냈으나 정신이 안 돌아온다든가 하는 일이었다. 그렇게 응급하게 대감님을 찾는 이가 아니면 담 너머의 풍경을 보며 눈치를 살피다 어색하고 작은 목소리로 "거기 누구 없소?" 하는 경우였다. 대체로 점잖은 양반댁네 도령이 어디서 굴러 멍이 들었다든가, 아씨가 과식해 체하였다든가 하는, 중병은 아니지만 양반 체면에 남이 알면 창피한 그런 일이었다. 그러니 밖에서 인기척이 들리면 적당히 발걸음 소리를 내며 그 앞으로 다가가는 게 내 일이기도 했다. 귀찮은 설거지에 시달릴 바엔 손님을 모시는 게 훨씬 재밌고 신나는 일이다.

"밖에 누가 왔나 봅니다."

그리 말하고 부엌을 총총걸음으로 나섰지만 덕이 이모는 아무 말도 없었다. 옳다구나! 들뜬 마음으로 문 앞에 서서 차분히 읊조렸다.

"손님이십니까?"

"여기가 장 선생 댁이 맞느냐?"

"네, 잘 찾아오셨습니다."

문을 여니 밖에 서 있는 이의 모습이 한눈에 들어왔다. 몰락한 양반이라 해도 놀라지 않을 행색이었다. 구겨진 갓은 갓끈이 끊어지기 일보 직전이고 한때는 곱게 빛났을 비단 저고리도 걸레짝이 된 지 오래였다. 그 행색을 살펴봤다는 사실을 숨기려 눈을 감고 고개를 숙였다. 손님이 말했다.

"여기가 장 선생의 약방이 맞다면 장 선생을 불러오너라.

내 선생께 할 말이 있느니라.”

“여기까지 오신 이유를 먼저 알려주시면 감사하겠습니다. 사랑채에서 잠시만 기다리시면 대감님께 아뢰고 오겠습니다.”

“어허! 어린 것이 맹랑하구나!”

몰락한 양반의 행색을 하였다 해도 한시가 급한 일은 아닌 게 분명했다. 어린 것을 대하는 태도나 말씨를 보면 얼마나 절실한지 알 수 있다. 절실한 환자 때문에 온 자라면 대감님 댁 강아지 발이라도 핥을 기세니까. 뭐, 우리 약방에 강아지는 없지만 말이다.

“그것이 저희 약방의 규칙입니다. 대감님은 응급하게 실려 온 환자가 아닌 이상 바로 누군가를 만나지 않으십니다. 그렇지만 먼 길을 온 사람을 허탕치게 하지도 않으십니다. 사랑채로 모시겠습니다.”

손님은 무어라 외치려 했지만 길을 내어주자 끄응, 하고 한 번 앓았을 뿐 다른 소리는 없었다. 나는 울컥하는 심정을 숨기고 천천히 사랑채로 발걸음을 옮겼고 손님도 뒤를 따랐다. 사랑채에 손님을 모신 뒤 서고로 가 대감님께 들릴 만한 목소리로 속삭였다.

"대감님. 직접 찾아오신 손님이 있습니다."

"환자는 누구고, 어디가 불편하다 하시냐?"

"여쭤보려 했으나 말씨가 거친 손님이라 일단 사랑채로 모시고 보았습니다."

"그래. 잘했다."

밖으로 나온 대감님은 눈을 비비고 있었다. 또 어려운 책을 붙들고 씨름하고 있었을 테니, 손님이 온 것도 퍽 재미나고 잘됐다는 표정이었다. 대감님은 나보다 앞서 사랑채로 겅중겅중 달려가 문을 열고 그 안으로 들어섰다. 손님은 대감님을 보고도 자리에서 일어나지 않고 꼿꼿하게 앉아서는 뒤따라 들어온 나를 보며 결국 한마디 쏘았다.

"저 어린것까지 함께 들어와야 합니까?"

대감님은 눈을 비비는 것도 모자라 입을 가리며 하품까지 했다.

"이 아이는 제가 가르치는 부엌데기입니다. 부엌데기라기엔 글도 쓰고 읽을 줄 아니 실제로는 조수나 마찬가지지요. 제가 시답잖은 일은 잘 잊어버려 일할 땐 곁에 두곤 합니다."

"시답잖은 일이라 하……"

蒼木
陳皮
知母
白茯
川芎
牛蒡
草龍
附子
根
藥
米

"제가 실언을 했군요. 용서하시지요. 허나 입이 무겁고 똑똑한 아이니 신경 쓰지 않으셔도 됩니다. 손님도 무거운 용무가 있어 이리 오셨을 테니. 시시한 일은 신경 쓰지 마시고 다 말씀하시지요. 화병이 난 건 과거에 떨어진 아드님입니까? 아니면 시집을 보냈으나 자식이 들어서지 않는 따님입니까? 그도 아니면……"

"아니, 어떻게. 선생께 아무런 말도 하지 않았는데."

"딱 저녁을 다 먹은 시간에 찾아오신 걸 보니 응급한 일은 아니지요. 그렇다면 오래 묵은 병이라는 뜻입니다. 그렇다고 떳떳하게 가마를 타고 오기엔 아랫사람들에도 철저히 숨기는 일이겠지요. 선생 같은 분이 신분을 숨기기 위한 상상력을 발휘해 봤자 낡은 갓과 일부러 더럽힌 저고리가 고작이지요. 거기에 부인이 편찮으시다면 사내가 오기 남사스럽다고 생각해 아랫사람, 이 아이만 한 부엌데기라도 보냈을 터. 점잖은 양반이 직접 찾아오실 정도면 정말로 남이 알기 창피한 일이겠지요. 과거를 보러 갔으나 딴 길로 샌 아들 때문에 속을 앓던가, 귀한 집에 시집을 보냈으나 자식이 아니 들어서 사돈과 불편해진 것이겠지요. 둘 중 하나인가요?"

손님은 고개를 천천히 저었다. 대감님은 더 낮은 목소리로 말했다.

"그렇군요. 그럼 둘 다겠군요. 조선 팔도에 손님만 한 양반이 속이 뒤집어질 일은 그 말고 뭐가 더 있겠습니까. 그걸 지켜봤으니 결국 문드러지고 망가진 건 선생의 속이겠네요. 속에 식지 않은 숯덩이를 안고 사십니다그려."

그 말에 손님의 몸은 고꾸라지듯 앞으로 쓰러져 눈물을 터뜨렸다.

"일단 우시오. 다 울고 나면 내 이야기를 들어주리다."

손님은 어린 나를 신경 쓰지도 않고 대성통곡을 했다. 대감님이 속삭였다.

"은이야. 일단 차를 내오거라."

"감초면 충분할까요?"

"그래. 끼니도 거른 듯하니 먹거리도 있으면 좋겠구나."

"지난달 두통을 치료한 손님 한 분이 마침 오늘 귀한 떡을 보냈습니다. 그걸 좀 썰어올까요?"

"어찌 떡을 생각했느냐?"

"점잖은 분이 어린것 앞에서 허겁지겁 밥숟갈을 뜰 수는 없지 않습니까. 떡이면 체면 차리면서 점잖게 배를 채우기에도 적당할 듯싶습니다.”

“이제 더 이상 가르칠 게 없구나. 부디 하산해 입을 하나
만 줄여다오.”

“싫습니다.”


이 아이도 그럴지 모른다. 어떤 말 못 할 사정으로 가슴
을 앓다가 속에서 나는 열이 창자와 간을 뒤틀리게 하여 저
런 엉뚱한 말을 내뱉게 된 것일지도 모른다. 나는 무릎과
엉덩이를 탈탈 털었다.

“배고프면 따라오렴. 대감님이 밥은 주실 거야. 대감님은
불쌍한 애들한테 약하거든.”

하지만 아이는 사라지고 없었다. 아이가 있던 자리엔 산
등성 사이에서 뿜어나오는 붉은 빛만 아른거리고 있었다.
사라진 아이에 대한 생각은 해가 떨어지고 밤이 되고 이불
을 덮고 누워도 떨칠 수가 없었다.


잠깐 생각에 빠진 사이 아이는 달아난 걸까? 아니다. 비
록 낮은 언덕이긴 해도 뒷산 앞에선 제일 높게 솟은 땅이
다. 그 짧은 틈에 어디론가 내달렸다 해도 분명 눈에는 들

어왔을 거다. 내가 헛것을 보았을까. 그도 아니면 정말 땅으로 꺼지거나 하늘로 솟았을까. 옆에서 자는 덕이 이모를 깨울까 싶어 한숨도 시원하게 뱉지 못했다. 오지 않는 잠은 벌써 포기했다. 손톱 사이에 낀 흙을 긁어내려고 할 때, 덕이 이모의 목소리가 들렸다.

"잠이 안 오냐?"

"네에……"

"뭔 놈의 한숨을 쉬고 그러냐. 어린 게."

"어린것도 고민이 있거든요."

"옛 생각이라도 했나 보구나."

"아니거든요."

"잠이 안 와도 억지로 눈이라도 감고 있어라. 내일도 바쁠 텐데."

"알아요. 내일은 쑥도 빻아야 하고 연고도 만들어야 하죠."

"이젠 일도 잘하는구나."

"원래도 잘했어요."

손톱에 끼인 흙에서 눅눅한 냄새가 났다. 목향이를 보내주던 날, 목향이의 작은 관 위로 쏟아지던 흙은 마른 냄새를 풍겼다. 석 달 동안 비 한 방울 내리지 않아 가물었던 흙이 어찌나 푸석푸석했는지, 못자리를 파던 돌이 삼촌이 탄식했다. 우리 향이 보내 주는데 흙이 이렇게 안 좋아서 어떡하노. 마른 흙 위로 삼촌의 눈물이 후두둑 떨어졌다. 나는 이상하게 눈물이 나지 않았다. 덕이 이모도 울지 않았다. 대신 관을 덮는 흙 위로 무언가를 던졌을 뿐이다. 마른 흙처럼 잔정이라곤 없는 사람인데 그 순간만은 눈가에 촉촉한 습기가 머물고 있었다.

“덕이 이모.”

“그만 자라니깐.”

“향이 있잖아요. 향이 묻어 주던 날 흙 위로 던진 게 뭐예요?”

“요즘 들어 향이를 생각하느냐?”

“사실 매일요.”

“산수유 열매였다.”

“가뭄이었잖아요. 그게 어디서 났어요?”

“글쎄다. 어쩌다 보니 내 손에 있더라. 하도 빌고 빌었더니 하늘님이 주셨는지 달님이 주셨는지 그냥 내 손에 쥐어져 있더라.”

"……"

"열을 앓을 땐 못 구하던 것이 뒤늦게 구해지더구나. 그만 묻고 자라."

덕이 이모가 이불을 당겨 몸을 돌렸다. 나도 더 묻지 않고 몸을 웅크렸다.


대감님 댁에 처음 온 날이 몇 날 며칠인지, 몇 해 전인지도 기억나지 않는다. 그저 날카로운 통증만이 종이에 떨어진 먹물처럼 선명하다. 발가락 사이로 들어오는 차가운 바람. 그 바람이 뼈 마디마디를 스쳤는데 그때마다 살이 찢어질 듯 아팠다. 신음이라도 내기엔 입술도 달라붙었고 눈꺼풀 하나 제대로 치켜뜰 힘이 없었다. 품에 안긴 갓난아기를 더욱 강하게 끌어안고 발걸음을 하나씩 옮기는 일 외엔 할 수 있는 게 없었다. 이 마을에서 제일 큰 집. 제일 큰 집을 찾으면 된다. 그 생각만을 입안에서 중얼거렸다. 그러다 발을 헛디뎠는지, 고꾸라졌는지도 기억이 없다. 이윽고 차가운 바람은 사라지고 목을 감싸는 빳빳한 베개의 감촉. 몸을 덮고 있는 이불의 따스함과 무게가 느껴졌다. 희미한 모습으로 나를 내려다보는 누군가의 모습. 따뜻한 방의 온기로 기억은 갑자기 옮겨갔다. 작은 손이 내 볼을 쓰다듬는데 어른의 손은 아니다. 작은 손. 내 품에서 추위를 피하던 어린 아기의 손이 내 귓불을 만졌다. 따뜻하다. 목소리가 들린다.

"창녕에서 굶어 죽은 사람이 많다 들었는데 거기서 왔나 봅니다."

"조그만 것이 갓난아기까지 안고 여기까지 어떻게 걸어 왔을꼬."

"산 너머까지 대감의 인덕이 전해졌나 봅니다. 어린것이 이 근처까지 걸어 온 걸 보면요."

"쓸데없는 소리."

"어디 귀한 집 자식 같지는 않고 이 아이는 물론, 아가도 보아하니 저랑 비슷한 신세겠지요."

입술이 조금 녹았다. 발가락을 스치던 냉기도 없다. 눈을 번쩍 뜰 힘은 없지만 입은 조금 움직일 수 있다.

"여기가 어딘가요? 아, 아기는요?"

내 느린 말에 두 얼굴은 옅은 웃음을 터뜨린다.

"바로 네 옆에서 자고 있단다."

"그러면 안 되는데…… 두 분은 저승차사님이신가요?"

"아니다. 여긴 장 대감님 댁이다. 너도 아기도 모두 살아 있다. 장 대감님의 약방에 온 게 아니더냐?"

"그렇군요. 제대로 찾아왔……"

몇 마디 말을 더 한 듯싶으나 동시에 잠에 빠지고 말았다. 그게 대감님 댁에 온 첫날이었다.


쑥은 얄밉게 잘도 자란다. 비만 조금 내리고 햇살이 조금만 좋아도 쑥쑥 자란다. 그 말인즉 내 신세도 하고한 날 쑥을 캐러 와야 한다는 말이다. 쑥이 자라는 속도만큼 내 키도 컸으면 좋겠고 머리도 커져서 오만 약초의 이름과 효능을 다 외울 수 있다면 얼마나 좋을까. 머리통이 아직도 주먹만 하니 글자는커녕 약초 이름도 외우기가 힘들다. 쑥을 캐러 뒷산을 또 오르니 작년이 떠오른다.


입동을 보름 앞두고 대감님이 날 불렀다.

"은이는 창경오미자를 아느냐?"

"산딸기처럼 생긴 빨간 열매잖아요. 창경오미자뿐인가요? 동괴오미자도 있지요."

"그래. 동괴는 아주 귀하지. 귀하다 못해 나 역시 말과 글로만 듣고 보았지 실제로 본 적은 없단다. 백 년에 한 번 자란다는 얘기도 있더구나. 그러니 오미자라 하면 대개는 창경을 말하는 게지. 그럼 왜 오미자인 줄도 알고?”

“다섯 가지 맛이 난다면서요.”

“그렇지. 열매는 차로 끓이면 맛이 좋단다.”

“하지만 약으로 쓰는 건 뿌리죠? 흙을 털고 껍질을 벗긴 뿌리를 약으로 쓰잖아요.”

“그건 또 어떻게 알았을꼬?”

“덕이 이모가 껍질 말리는 걸 보았으니까요.”

“그래. 맞다. 그럼 효능은 아느냐?”

“몸을 따뜻하게 해 준다는 것만 알고 효능은 모르겠습니다.”

“덕이가 누구를 위해 오미자 껍질을 말렸는지는 몰랐나 보구나.”

“이 정승댁 며느님을 위해 다렸다는 건 알지요. 곧 아가를 낳으신다면서요.”

“그럼 생각해 보거라.”

“아가를 잘 나오게 해 주는 효능이 있나요? 아니면 산통을 겪을 며느님을 위한 걸까요?”

대감님은 언제나 그런 식이었다. 정답을 바로 말해 주는 일이 없었다.

　하지만 그렇게 아는 게 많아 화타라 불리는 대감님도 향이를 살리진 못했다. 향이의 이마가 무쇠솥에 끓인 물처럼 끓던 밤, 대감님은 끙끙거리는 향이의 손을 잡고 울고만 있었다.

　"화타라 불려도 하늘 아래 사람. 하늘님이 데려가려 하시면 어쩔 수가 없단 말입니까!"

　대감님이 외치는 말은 눈에 보이지도 않는 하늘님께 하는 말이었을까? 하늘님이라니 웃기다. 산과 들에서 자란 풀과 약초만 가지고도 몸과 마음에 병이 있는 사람을 다 고치는 대감님이 아닌가. 오장육부의 위치가 어떠하고 어디는 뜨겁고 어디는 차갑고 사람 뱃속을 열어서 보는 사람처럼 다 꿰고 있는 대감님이 하늘님을 말하다니. 하늘님은 나 같은 부엌데기나 덕이 이모만 찾는 줄 알았는데.

　"어린것이 갓난쟁이 때 찬바람을 너무 많이 맞아 이미 온몸의 온기가 진작에 다 빠져나갔나 봅니다. 몇 년이나 돌보느라 애쓰셨으니 대감님도 너무 노여워 마시지요."

　그럴 땐 대감님을 달래는 덕이 이모가 더 배운 게 많은 사람 같았다.

"산수유 열매 하나 구하지 못한 게 한스럽구나."

대감님의 마지막 말은 아주 작았지만 내 귀엔 정확하게 들렸다. 그러니 덕이 이모 귀에도 들렸을 수밖에. 감히 대감님에게 대답은 하지 못하고 나 역시 작은 목소리로 중얼거렸다.

"석 달이나 가물었잖아요. 대감님 탓이 아니에요."

얼어붙은 몸으로 찾아온 나와 갓난아기는 이름조차 없었다. 대감님은 몸이 얼어붙은 갓난아기가 오미자처럼 따뜻한 아이가 되라며 목향이라는 이름을 붙여주었다. 꿈에서도 끙끙 앓는 나에겐 흰목이버섯처럼 강경하고 담백하게 자라라며 은이라 불렀다. 목향은 오미자의 생약명이고 은이는 흰목이버섯의 생약명이었다. 향이는 오미자. 나는 버섯. 귀하디귀한 오미자는 벌써 열병이 나서 죽고 버섯은 무럭무럭 자라 벌써 열일곱이나 되고 말았다.


언덕에 오르니 쑥은 산발한 거지 머리처럼 언덕을 덮고 있다. 별 수 있나 빨리 쑥을 뜯어야지. 약방에서 약 끓이는 냄새만 하루 종일 맡으며 대감께서 하는 일을 다 훔쳐보고 배우고 싶지만 별 수 없다. 약방에 사는 부엌데기 신세가 뻔하다. 저 산발한 거지 머리를 오늘은 다 쥐어뜯고 말아야지. 점심을 막 넘긴 해는 하늘 한가운데 걸려 있고 무심하게도 구름 한 점 없다. 들을 사람도 없으니 바닥에 광주리를 던지며 털썩 주저앉으며 한숨을 내쉬었다.

"아이고오. 후딱 뜯고 내려가야지."

그런데 낯익은 목소리가 들렸다.

"안녕하시렵니까. 당신의 나이를 알려주세요. 잇츠 쇼 타임!"

그럼 그렇지, 역시 그 아이다. 이레 전에 만났을 때랑 하나도 변하지 않은 행색에 엉뚱한 말은 여전했다. 그래도 나보다 어린 녀석이 형편없는 몰골을 하고 있으니 속상할 노릇이다.

"애, 넌 지난 번엔 갑자기 어디로 간 거니? 근처에 집이 있어?"

"집 말입니까? 집이라고 하면 이곳이긴 하다. 물론 너 님의 시간대와는 다른 시간대지만. 지금은 집이 없다고도 할 수 있겠지요."

"진짜 말투가 이상하구나."

자세를 아이 방향으로 고쳐 앉고 쑥을 뜯으니 녀석은 강아지 마냥 앞으로 다가와 앉았다.

"워낙 많은 곳과 시간을 여행하니. 말투가 섞였지 말입니다. 안녕하시렵니까?"

"그래. 나도 탐라도에서 온 환자를 본 적이 있는데 뭔 말인지 하나도 모르겠더라."

"이건 쑥이로구나. 쑥을 캐다니 전에도 말씀드렸지만 청소년의 노동은 보호자의 허락이 필요합니다."

그러더니 녀석은 제 손으로 쑥을 뜯어 입안으로 덥썩 넣는 게 아닌가.

"용케 쑥은 아는 걸 보니 바보 멍충이는 아니구나."

"쑥맛이 나여 쑥이라 하였사옵니다. 전하."

"얼씨구?"

"그런데 말입니다. 지금은 몇 년도쯤 됩니까?"

"글쎄다. 잘 모르겠다. 올해가 몇 년인지 그런 거 알고 사는 사람이 몇이나 있냐. 단오는 열흘이나 남았나."

"흐음. 그런데 말입니다. 저는 목요일로만 항상 시간을 뛰어넘더라고요. 역시나 오늘도 목요일이겠지요?"

"목요일? 그건 처음 들어보는 나무 이름인데?"

"이런! 요일 개념이 아직 없는 시기로군요! 하긴 지난번에 만난 분도 요일은 몰랐지 말입니다."

"넌 항상 여기에서 이러고 있는 거니?"

"와, 천재시네요. 너님 내가 낳을걸."

못 하는 소리가 없는 아이다. 아이는 이젠 쑥맛에 질렸는지 먹진 않고 내 광주리에 툭툭 던지기 시작했다. 마구 뜯는 쑥에서 흙이 제멋대로 엉켰다. 그래도 사람 구실은 하는 아이 같은데.

"이상한 소리 그만하고 나랑 같이 가자. 그래도 이 동네에선 제일 힘 있는 부엌데기야. 장 대감님 댁 부엌데기 은이 님이시니까."

"오호. 그 말인즉, 그대는 부엌데기로군. 참으로 안타깝도다. 미래에 태어났으면 더 똑똑했을 아이인데 말이에요."

"미래란 게 뭐야?"

"세상에! 미래라는 개념도 없이 사십니까?"

"네가 하는 말은 솔직히 한 마디도 못 알아듣겠거든. 미래는 뭐고 개념은 또 뭔데?"

"아! 그렇지요. 그렇구나. 너무 이른 시간대긴 하지요."

이 녀석도 내 질문에 바로 대답해 줄 생각이 없나 보다.

하지만 이 녀석을 닮고 싶진 않다.

"궁금합니다. 부엌데기는 여기서 항상 쑥을 캐실 건가요? 쑥을 왜 캐십니까? 단오절이 다가와서 그러하냐? 요즘도 아니, 그 시대에도, 아니 요즘도 단오절에 말린 쑥을 걸어 놓습니까?"

"걸어 놓다마다. 약방에 귀신이 얼마나 많이 찾아오는지 말도 못 해. 향이 풀풀 나는 쑥을 걸어둬야 귀신들이 걸음아 날 살려라 하고 도망가지."

"오! 귀신이 날 살려라 하고 도망간다니. 농담 센스 짱 먹으세요. 짱 먹다니 너무 옛날 말이군요. 아니다. 아직 사용하지 않는 말이죠."

"진짜 네가 하는 말을 하나도 모르겠다. 넌 어디에 사니? 다시 말하지만 난 저 밑에 장 대감님 댁에 살거든. 약방 말이야."

"약방! 낭자. 방금 약방이라 하였삼?"

"그래. 약방. 약방이라는 말은 용케 아는구나."

"알다마다. 저를 멍청이 취급하지 마삼!"

"이 몸은 바로 그 약방의 부엌데기라 하였삼."

"으음. 배우는 게 빠른 부엌데기로군요. 하지만 쑥을 캐야 하는 슬픈 운명의 노예로구나."

이제 내 정신은 쑥이 아니라 이 꼬마에게 몰려 있다. 쑥은 됐고 이 꼬마나 잘 구슬려서 약방에 데리고 가야겠다는 생각뿐이었다. 어차피 광주리엔 쑥이 반이고 흙이 반이다.

"다시 한번 물을게. 너 집은 진짜 어디니? 오늘도 도망갈 거니?"

"도망 따윈 가진 않아! 시간을 달릴 뿐!"

아이는 쑥을 하늘로 던지며 외쳤다. 아무리 생각해도 마음이 아픈 아이가 틀림없다. 대감님께 데리고 가면 무슨 방도가 있을지도 모른다.

"너 오늘은 도망가지 말렴."

"와우. 그것이 당신의 소원입니까? 그건 들어주기 어렵습니다. 이제는 우리가 헤어져야 할 시간 ♬ 다음에 또 만나요. ♪"

"나랑 같이 우리 약방에 가자. 약방에 가면 대감님이 널 봐주실 거야."

아이의 눈이 번쩍이며 이제껏 보지 못한 진지한 눈빛으로 변했다. 말투는 여전히 알아먹기 힘들지만 말씨는 또렷했고 눈과 입에는 분명 힘이 있었다.

"낭자. 내 친히 여쭤보오. 그 약방에 혹시 덕이라는 처자가 있소이까? 덕이는 님과 마찬가지로 부엌데기라던데. 너 혹시 아니?"

아이의 말에 등줄기를 타고 소름이 쫙 퍼졌다.

"네가 덕이 이모를 어떻게 알아?"

"알다마다! 덕이. 덕이를 데리고 와 주오! 내 지난번 덕이 낭자에게 산수유를 주었소. 하도 간곡하게 부탁해 우리 시간대에서 구해다 주었지. 500년 뒤의 산수유라 걱정했소이다. 기후변화를 맞이한 시대의 산수유. 과연 500년 전에서도 효능이 있었는지? 덕이가 기뻐했을까? 그 뒤로 덕이를 못 봤거든."

"덕이 이모도 너를 안다고?"

"당근이지! 아아. 이럴 수가 저럴 수가. 맙소사. 아니구나. 덕이는 나를 잊었겠구나."

"그건 또 무슨 말이야?"

아이는 차분하게 숨을 고르며 말했다.

"덕이는 제게 소원을 말했습니다. 그 소원을 들어주면 저에 대한 모든 기억은 사라지고 다시는, 절대 저를 만날 수 없지요."

“네가 여태 하는 말 중 이번 말은 진짜 무슨 말인지 제대로 알아들었어.”

“이 말은 제가 연습을 많이 했으니까요. 저는 이 시간 저 시간 옮겨 다니며 소원을 들어주고 있죠. 일종의 지니라고 할 수 있어요. 소원을 말해 봐! ♬”

그게 마지막 말이었다. 아이는 또 사라졌다. 지난번엔 못 봤지만, 이번엔 사라지는 모습을 확실히 볼 수 있었다. 아이의 온몸이 무지갯빛으로 반짝이는가 싶더니 바람에 날리듯 흩어졌다. 그렇다. 아이는 어디로 도망가거나 몸을 숨긴 게 아니었다. 정말로 사라져 버렸다. 이상한 아이도 아니었다. 상상도 할 수 없을 정도로 신비롭고 알 수 없는 존재였다. 나는 언덕 아래로 내달렸다. 바닥에 던져 둔 쑥과 광주리 따위는 이제 중요하지 않았다.

대감님도 세상엔 설명할 수 없는 일이 많다고 했다. 아기가 태어나면 숯과 고추를 걸어 두면 병에 걸리지 않는 이유는 대감님도 모른다고 했다.

“설명할 수는 없지만 벌어지는 일이지. 언젠가 학문이 발달하면 그 모든 일을 설명할 수 있을 거다.”

덕이 이모는 그런 일은 다 하늘님과 달님 덕분이라 했다. 호랑이를 피해 하늘로 올라간 남매의 이야기는 들었지만 그 남매가 정말 해와 달이 됐을 거라고는 생각하지 않았다. 그런데 이젠 그럴 수도 있겠다 싶었다. 갑자기 나타나서 이상한 말을 하다가 갑자기 사라지는 아이. 알아들을 수 없는 이상한 말을 하지만 덕이 이모에게 산수유를 줬다고 하는 아이. 아이는 덕이 이모에게 산수유를 준 날을 500년 전이라 했다. 나에겐 겨우 지난해인데. 이 아이는 그럼 500년이나 먼 훗날에서 왔단 말인가. 그런 게 가능하단 말인가. 덕이 이모는 알고 있다. 이 아이의 정체를.


“얘가 또 이상한 소리를 하네. 쑥 캐러 갔다더니 광주리를 어디다 팔아먹고 헛소리를 하느냐?”

오늘도 약 보자기를 털고 있던 이모의 대답은 내 예상과 달랐다. 내가 기대한 대답은 ‘아니 네가 그 아이를 만나다니. 정말 놀랍구나!’라던가 ‘이제 비밀을 말해 줄게. 500년 뒤엔 말이다. 500년 전으로 올 수 있는 약초가 있단다’ 따위였다.

"아니, 덕이 이모. 덕이 이모에게 산수유를 준 꼬마. 그 이상한 아이를 제가 만났다니까요. 500년 후의 세상에서 온 사람처럼 말하는 아이 말입니다."

"네가 요즘 대감님 밑에서 이 일 저 일을 많이 돕다 보니 정신이 잠시 몽롱한가 보구나. 쑥과 광주리를 놓다가 잊어버린 걸로 알고 있을 테니 더는 요상한 말 말거라. 오늘은 지난번에 오신 나으리가 약을 타러 오는 날이다."

"덕이 이모."

"오늘 밤에도 약을 타러 올 분이 있으시다. 약 다릴 준비나 하거라."

이모의 눈빛이 매서웠다. 덕이 이모는 거짓말 따윈 못하는 사람, 아니 거짓말 따윈 안 하는 사람이다. 그걸 알지만 또 한 번 더 물어보고야 말았다.

"그럼 이모, 그 산수유는 어디서 난 거예요?"

"산수유 열매 하나 주십시오, 하고 밤낮으로 빌었더니 그냥 떡하니 손에 쥐어져 있더라. 하늘님이 주셨던지 달님이 주셨겠지. 그러니 약이나 다리거라. 더 물어보면 너도 병에 걸린 걸로 생각하고 대감님께 이르겠다."

그 말에 난 기가 죽어 "네에……" 하고 작게 읊조리고 말았다. 덕이 이모의 눈이 더 무서워지려 하기 전에 뒷걸음으로 시야를 피했다. 약을 다릴 나뭇가지를 부러뜨려 아궁이에 넣으면서도 아이에 대한 생각뿐이었다.

그 아이가 정말 이상한 아이일까? 아니면 정말로 소원을 이루어 주는 그런 신비로운 존재일까? 해님 달님처럼? 다른 말은 몰라도 덕이 이모에게 산수유를 주었다는 게 놀라웠다. 이모가 산수유를 쥐고 있는 걸 그 아이가 보기라도 한 걸까? 그래서 아이가 꾸며낸 거짓부렁일까? 이 작은 동네에 사는 아이가 수십 명이라지만 내가 모르는 얼굴은 없다. 그 얼굴 중에도 그 아이는 없을뿐더러 무지갯빛을 내며 사라지는 걸 본 건 또 어찌 설명한단 말인가. 나뭇가지가 타닥타닥 소리를 내며 타들어가자, 기침 소리가 들렸다.

"어험."

대감님이 헛기침을 하며 아궁이 밖에 서 있었다.

"대감님. 남사스럽게 아궁이 앞엔 어쩐 일이십니까?"

"은이 잠깐 나를 좀 보자꾸나."

"네에."

대감님 뒤에 고개를 숙이고 서 있는 덕이 이모를 보고서야 알았다. 덕이 이모가 대감님께 다 말했다는 사실을. 괜히 가슴이 쿵쿵 울렸다. 이모가 고자질했다는 사실도 분하지만 내가 진짜 병이라도 걸려 헛것을 봤을까 하는 무서움이 등줄기를 타고 흘렀다. 대감님은 서고의 문을 열고 먼저 그 안으로 들어섰다. 서고 안까지 들어가 보는 건 또 처음이었다. 머뭇거리는 날 보고 대감님이 손짓했다.

"들어오거라. 무서울 것 없다."

서고 안에 들어서자 대감님이 내내 피워 둔 향초 냄새로 가득했다. 궤짝마다 쌓인 책. 대나무를 돌돌 만 책과 귀하디귀하다는 종이책까지 모두 합쳐 서른 권은 족히 될 정도로 책이 쌓여 있었다. 대감님이 책상 앞에 앉았고 나는 그 맞은 편에 앉았다.

"은이야. 요즘 잠은 잘 자느냐?"

대감님의 질문이 이어졌다. 잠을 잘 자는지. 혹시나 먼저 간 향이를 자주 떠올리는지. 들에 올라 쑥을 캐다 버섯을 먹은 적이 있는지. 그 질문에 모두 있는 그대로 대답했다. 잠을 잘 잡니다. 사실 향이는 매일 그립지요. 버섯 같은 건 함부로 먹지 않았습니다. 이젠 나도 대감님께 묻고 싶었다.

"대감님. 덕이 이모가 뭐라 하던가요?"

"네가 이상한 소리를 한다 하더라."

"어떤 이상한 소리라 하던가요?"

"그것은 말해 주지 않았다. 요즘 정신이 이상하고 무언가에 홀린 것 같다 하더구나."

"대감님이 보기에도 제가 정말 무언가에 홀린 것 같나요?"

"모르겠구나. 어린아이는 또 어린아이만의 병이 있고 치료법이 있으나 나는 다 큰 어른의 치료법만을 스승님께 배웠단다. 어린아이를 위한 의인도 있다 들었지만 내 앎은 거기까진 닿지 못했구나."

"그럼 제가 아프지만 고쳐 주지 못한다는 말씀인가요?"

"아니다. 네가 아프다는 뜻은 아니란다. 나의 앎이 짧아 너에 대해 뭐라 말을 할 수 없다는 뜻이지. 하지만 나와 덕이 이모 역시 향이를 보내고 많이 슬퍼했다는 사실만 알아 두거라. 그거 하나면 된다."

대감님의 말은 그뿐이었다. 대감님과 덕이 이모 역시 슬퍼했다. 그건 알고 있었다. 그럼에도 말로 그것을 듣는 건 또 다른 일이었다. 가슴 한쪽이 아픈 듯하면서 시원했다. 그날 밤 그 어느 때보다도 깊게 잘 수 있었다. 향이를 떠올리지도 않았고 향이가 꿈에 나오지도 않았다.

다음 날, 그 다음 날에도 난 언덕에 올랐다. 쑥과 광주리를 챙기러 갔고 남은 쑥을 뜯었지만 아이는 나타나지 않았다. 귀신에 씌인 사람은 종종 이미 떠난 사람을 만나는 거라 했다. 그럼 아이는 내가 그리워한 향이의 모습이었을까? 어제보다 작년보다 향이를 덜 그리워하니 아이도 보이지 않았다. 그거면 됐다.

마음속 상처는 맑은 물에 퍼진 먹물처럼 속을 까맣게 태우지만 퍼내고 퍼낸 다음 새 물을 붓고 또 부으면 다시 맑아지는 법이라 했다. 하지만 어떤 상처는 조약돌 사이에 몰래 자란 이끼처럼 잊었다 싶으면 또 눈에 띄는 법이기도 하다. 이끼 같은 날이 이어졌다. 간밤에 약방으로 실려 온 갓난아기는 잊고 있던 이끼 하나를 기어이 들추어 보였다.

"아기의 머리 안에 찬 열이 빠지지 않네."
대감님은 갓난아기의 이마와 맥을 짚으며 말했다. 사랑채 안은 어린 핏덩이의 날카로운 울음소리로 가득 찼다. 대감님 앞에 쪼그려 앉은 아이의 아범과 어멈 되는 사람은 무어라 답하지 못했다.

"뇌와 머리뼈 사이에 염증이 생기는 병일세. 내 기술로는 씻은 듯 고쳐내지는 못하네. 내가 해 줄 수 있는 방도라고는 약을 지어주는 것뿐이네. 그거라도 받아 가시게나."

어린 핏덩이의 부모는 그저 가벼운 병인 줄 알고 내버려 두었으나 이틀이 지나 숨이 넘어갈 정도로 울음을 토하자 약방을 찾았다. 천한 신분이 약방을 찾는 게 남들 보기 무서워 깊은 밤에 찾아온 모양새에다 정신이 없는 와중에도 약방의 대감을 뵙는 자리라 설빔으로 입었을 그나마 고운 옷으로 입고 온 모습에 두 눈 아래가 뜨거워졌다.


덕이 이모가 산수유 열매로 즙을 내자 쓰고 단내가 퍼졌다. 잔에 담긴 즙을 아이는 채 반도 삼키지 못했지만 이내 숨을 고르고 잠이 들었다. 대감님은 돈을 받지 않았고 대신 봇짐 안에 산수유 열매를 한 움큼 숨겨 주었다. 그 모습을 훔쳐보기라도 했다는 듯 까마귀 한 놈이 사납게 울어댔다.

"동괴오미자 한 줌이 아쉽구나. 동괴 한 줌이면 어린아이가 걸린 악병쯤은 한순간에 씻겨낸다던데."

사랑채 바닥에 쏟은 산수유즙을 닦는 중에도 대감님은 방으로 들어가지 않고 마당을 서성이며 한숨을 내쉬었다.

약방의 하루는 비슷비슷하게 흘러갔다. 간혹 낯선 환자가 찾아올 때는 빼고 어제가 오늘이고 오늘이 내일 같았다. 다린 약을 잔에 곱게 담고 있으니 등 뒤에서 덕이 이모의 목소리가 들렸다.

"이젠 제법 약을 깔끔하게 담는구나."

"약이 너무 넘치게 담겨 있으면 환자가 불편하다 하셨습니다. 대감님께 배웠습니다."

"그렇구나. 그럼 오늘은 네가 직접 상에 담아 사랑채에 들어가 보거라. 전에 오셨던 박 장군이 와 계신다."

"전에 오셨던 박 장군이요?"

"감초에 떡."

"알겠습니다."

지난번처럼 감초에 떡을 들고 갈까 했으나 그만두었다. 어린것이 감초와 떡을 또 챙겨 들고 가면 체면을 중시하는 양반을 조롱하는 듯 보일까 겁났다. 하지만 장군이라는 사람이 그렇게 서럽게 울다니 역시 마음의 병은 무서웠다. 약만 올린 상을 들고 사랑채 앞으로 가 작게 말했다.

"약방 부엌데기입니다. 잠시 들어가겠습니다."

"들어오시게."

안으로 들어서 상을 조심스럽게 내려놓았다. 눈을 마주치지도 않고 뒷걸음을 치려 할 때 박 장군이 불러세웠다.

"전에는 참으로 고마웠구나."

"아닙니다. 약방에서 빌어먹고 사는 처지의 부엌데기가 할 일이지요."

"장군이라 불리는 자가 우는 모습을 보여 민망하구나."

"괜찮습니다. 천한 부엌데기 앞에서 체면은 챙기지 마시지요."

나 스스로도 칭찬하고 싶은 멋진 말이었다.

"그래도 고마웠다."

인사를 올리기 위해 고개를 드니 박 장군 앞엔 책이 놓여 있었다. 만든 지 얼마 되지 않았는지 손때가 타지 않은 새하얀 책이었다. 대감님의 서가에서 곁눈질로 노랗게 바랜 책은 보았어도 새 책은 또 처음이었다. 새 책을 눈앞에서 보니 호기심이 동했다. 그 눈빛을 눈치챈 박 장군이 먼저 책을 들어 보였지만 화끈거리는 얼굴을 감추기 위해 고개를 숙였다.

"보아하니 글을 조금 읽을 줄 아나 보구나."

"저희 대감님 덕에 겨우 몇 자 배워 어설프게나마 읽을 줄은 압니다. 그 역시 약방에서 일하기 위함이지 큰 뜻은 없습니다. 아직까지 붓도 잡아 본 적이 없어 쓸 줄은 모릅니다.”

“참으로 영특하도다. 그럼 이 글은 읽을 수 있느냐?”

박 장군은 책상 위에 놓여 있던 종이책을 앞으로 내밀었다. 나는 고개를 들어 책의 겉장에 쓰인 검은 글자를 읽어 나갔다. 글자는 아직 먹물이 다 마르지도 않았는지 진한 검은 색이었다.

별.과.료.일.

알 수 없는 말이었다.

“별과료일이라 쓰여 있습니다.”

“그래, 맞다. 혹시 무슨 말인지 아느냐?”

“모릅니다.”

“그래. 실은 나도 모른단다.”

“무슨 뜻입니까?”

“서양에서 들어 온 지식에 대한 책이다.”

나는 자세를 고쳐 앉아 박 장군의 말에 귀를 기울였다. 박 장군도 이젠 체면치레 없이 신이 나서 이야기를 풀어 놓았다.

"서양에선 날짜를 이레 단위로 센단다. 첫날부터 이렛날까지 하늘에 떠 있는 해와 달 그리고 별들을 보고 이름을 붙여서 부르지. 그 날짜의 이름을 료일이라 한다."

서양이라니. 바다 건너 먼 나라. 배를 타고 몇 달을 헤매고 헤매야 닿을 수 있는 땅엔 우리와 다르게 생긴 사람이 산다. 눈이 다르게 생기고 머리털도 달라 우리가 보면 식겁을 하고도 남을 모양이라는 말만 들었다. 그뿐인가. 우리보다 기술이 훨씬 좋아 우리는 상상하지도 못한 약과 물건도 만들며 하늘은 제 머리카락 속 벼룩처럼 들여다보고 바다는 제 손바닥 위를 기는 이를 찾아내듯 누비고 있다. 그러니 세상천지에 존재하는 모든 나라를 다 알고 있다 했다. 그 생각이 들자 퍼뜩 머릿속에선 그 아이가 떠올랐다. 전혀 알아들을 수 없는 말을 하고 이상한 행동은 하는 게 멀리 바다 건너 서양에서 온 아이가 아닐까? 아이도 500년 전이니 500년 후이니 오늘이 언제인지도 분간을 못 하는 소리를 해댔었다. 실로 호기심이 동하는 이야기가 아닐 수 없었다. 마침 대감님이 사랑채 안으로 들어왔지만 내 신경은 오로지 박 장군님과 책에만 쏠려 있었다.

"하루 이틀이 아니라 이름을 붙여서 날짜를 센다고요?"

“책엔 그렇다고 쓰여 있구나. 해의 날은 일료일이요, 달의 날은 월료일, 형혹성의 날은 화료일, 수성의 날은 수료일이라 부른단다.”

“해와 달 빼고는 다 어려운 말이네요.”

“그래. 사실은 하늘에 떠 있는 별마다 이름이 다 붙여져 있지.”

“흐음. 저희 약방에서 일하는 덕이 이모도 밤마다 하늘을 보며 빌지요. 가장 빛나는 별을 보며 약방에 오신 손님이 모두 낫게 해달라 비시죠.”

“하늘에서 가장 빛나는 별이라…… 그래 아마 목성을 보고 소원을 비나 보구나.”

“으음. 그 별을 목성이라 하는군요.”

“양인들은 모든 별마다 신이 있다 믿고 있구나. 가장 빛나는 목성은 전생의 신이 지키고 있다 하는구나. 나 역시 그런 이야기를 듣고 이 책을 구해 보았는데 흥미롭구나.”

“그래서 장군께서 그런 책을 보고 계셨군요.”

“맞다. 마침 목성의 이름을 딴 료일이 그다음 료일이다. 월료일. 화료일. 수료일에 이어……”

“목료일이라 하겠군요.”

"정말로 영특한 아이입니다. 장 어르신. 이런 아이를 약방에만 두기엔 아깝지 않습니까? 이젠 어린아이나 출신을 가리지 않고 궐에서 부른다던데."

대감님과 장군님이 웃음을 터뜨리기도 전에 나는 사랑채 밖으로 튀어나왔다. 죄송합니다. 뭐가 떠올라서요, 라고 외치는 말을 그다음이었다.

'목요일로만 시간을 뛰어넘더라구요.'

'목요일? 처음 들어보는 나무 이름인데?'

그 아이가 한 말은 이상한 말이 아니었다. 내가 못 알아들은 말이었다. 그 아이가 나타난 것도 딱 이레 전. 그날이 목요일이었다면 오늘도 목요일이다. 목요일마다 나타나는 아이라면 분명 그곳에 있을 테다.


역시나 언덕 위에 아이가 있었다. 아이는 우두커니 서서 날 기다리고 있었다. 마치 어떤 순간이 찾아왔는지 다 알고 있다는 눈빛이었다. 아이가 여태 했던 말을 떠올려 봤다.

"나도 차분히 말해 볼게. 오늘이 혹시 목요일이야?"

"딩동댕! 정답!"

"넌 여기에 목요일마다 나타나는 거야?"

“그대의 관점에선 나는 이곳에 목요일마다 나타난다구
리.”

“넌…… 500년 뒤에서 온 거야?”

“맞아요! 당신은 역시 천재가 맞습니다!”


어이가 없다. 이 이상한 꼬마는 목요일마다 이곳에 나타
난다. 500년이나 지난 먼 훗날에 사는 아이인데 목요일마
다 이곳에 나타난다.


“넌 서양에서 왔니?”

“서양도 동양도 아니야.”

“소원을 들어준다고?”

“또 한 번의 정답!”

“네가 사는 시대에는 다 소원을 들어주고 옛날로 오는
기술이 있니?”

“그건 아닙니다. 시간 여행과 소원을 들어주는 건 온전히
내가 버텨내야만 하는 운명!”

“좋아. 넌 500년 뒤 먼 훗날에서 왔고. 목요일마다 이곳
에 오고 있어. 그리고 소원을 들어주는 재주가 있어. 내 말

이 전부 맞지?"

아이는 자리에서 펄쩍펄쩍 뛰었다.

"드디어 내 정체를 확실히 아셨군요. 역시 시간의 성자에게 선택받은 당신!"

이제야 어렴풋이 이 아이의 정체를 알 수 있다. 머나먼 옛날부터 머나먼 훗날까지 어디든지 다닐 수 있는 존재. 이유는 모르지만 목요일마다 이곳에 나타나 소원을 들어주는 존재. 그 존재에게 난 이제 소원을 말하려고 한다. 소원을 말하면 이제 이 아이는 내 기억에서 사라지겠지.

"소원을 말하면 다신 널 볼 수 없는 거야?"

"아쉽지만 그러합니다! 덕이. 덕이도 마찬가지였다구리. 하지만 그 역시도 우리의 운명. 당신의 소원을 들어주고 나면 저는 다른 아이를 찾아가 소원을 들어줄 거얌."

향이를 잊고 싶지는 않다. 향이를 잊는 게 무슨 소용이 있을까. 나는 내가 지금 말해야 하는 소원이 무엇인지 잘 알고 있다.

"당신과 만나 즐거웠어요. 이젠 소원을 말할 시간입니다. 아쉬워도 어쩔 수 없지요. 소원을 말하지 않는다 해도 저는 어차피 사라지고 당신과 다시는 만날 수 없습니다."

"그것도 연습해 둔 말이구나."

"역시! 부엌데기로 썩기엔 아까운 당신!"

이젠 내가 해야 할 말을 알고 있다. 이 아이를 내게 보내 주신 게 해님이든 달님이든 목성님이든. 이젠 소원을 말할 순간이다.

"동괴오미자를 갖고 싶어. 100년 전에는 피었다고 해."


아이는 다시 한번 무지갯빛으로 사라졌다. 짧고 어이없 는 마지막 대화를 분명 나눴지만 그 기억은 순식간에 사라 졌다. 금방 돌아올 거란 걸 안다. 그리고 내 손 위에 동괴오 미자를 한가득 올려 주겠지. 그때쯤 되면 난 이 아이와 겪 은 신비로운 일은 모두 까먹고 말 테지. 덕이 이모처럼 정 신을 차려보니 내 손 위에 동괴오미자가 올려져 있었다고 밖에 할 수 없겠지.

내가 할 일은 그저 약방으로 달려가 대감님께 동괴오미 자를 전달하면 끝이다. 어디서 났는지 끝내 떠올리진 못하 겠지만.•

• 창경오미자는 조선시대에 오미자를 일컫던 표현이다. 동괴오미자와 별과료일 은 작가의 상상으로 만들어낸 허구다.

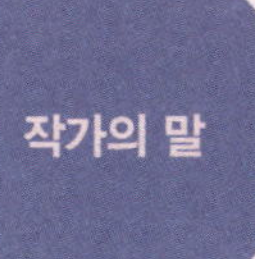


이야기를 읽는 건 새로운 무언가를 발견하는 일은 아닙니다. 잠시 스쳤던 일이지만 당시엔 의미를 몰랐던 일을 재발견하는 일에 가깝죠. 그래서 이야기를 읽다 보면 누군가가 떠오르기도 하고 어떤 일이 뒤늦게서야 이해되기도 합니다.

제가 아주 어렸던 시절, 동네엔 이상한 친구가 하나 있었습니다. 이 집 옥상에서 저 집 옥상으로 마구 뛰어다니던 아이였죠. 아무와도 친하지 않던 그 아이와 저는 퍽 잘 어울렸는데 어느 날 아주 멀리 이사 간다고 했어요. 저는 너무 아쉬웠지요. 그런데 그 아이가 이사를 간 뒤 주변에 물어봐도 그 아이를 아는 사람은 아무도 없었어요. 저는 종종 그 아이가 제가 만들어낸 환상 아닐까 생각했어요. 어떤 때는 정말로 시공간을 뛰어넘은 먼 곳에서 잠시 온 아이라고 생각하기도 합니다. 그런데 그 아이를 떠올리면 이상하게 한약 냄새가 함께 떠올라요. 왜인지는 이 작품을 다 쓰고 나서야 알게 됐지요.

멀고 먼 서울에서 올림픽이 열리던 해였고 할아버지는 많이 편찮으셨습니다. 당시 아스팔트도 없던 시골에 있는 의료시설이라고는 한약방뿐이었지요. 그 약방에서 지어 온 약 냄새가 온 집안에 가득했습니다. 그해 크리스마스이브에 할아버지는 먼 곳으로 떠났고 잠든 할아버지의 손을 저는 오랫동안 잡고 있었어요. 저는 아직도 그 아이와 할아버지가 사라졌다는 게 조금 이상합니다.

작품을 다 쓰고 나서 저는 저와 그 추억에 대해 조금 더 알게 됐습니다. 그리워하고 있다는 사실을요. 여러분도 설명하지 못하는 기억과 추억이 있겠죠? 이 작품이 그걸 떠올리는 작은 냄새가 되어주길 바랍니다.

# 몽고집을 찾아서

나는 무엇인가?

나는 인간인가? 인간이라고 할 수 있는가?

고민 끝에 나는 스스로를 신체 변형자라고 부르기로 했
다. 신체 변형, 내 몸을 자유롭게 바꿀 수 있다는 뜻이다. 옆
집 돌쇠로도, 돌쇠 엄마로도, 꼬장꼬장하기로 둘째가라면
서러운 황 영감으로도 변할 수 있다. 동물로도 변할 수 있
다. 바위로 변해 아무도 건드리지 못하게 할 수도 있다. 하
지만 한계는 있다. 나랑 비슷한 크기의 무엇으로만 변할 수
있는 것이다. 그러므로 여우로는 변신해도 개미처럼 너무
작은 생물로는 변신할 수 없다. 나무로 변할 때도 마당에
대추나무 정도지 마을 어귀에 있는 천 년 묵은 느티나무로
는 변할 수 없다.

어머니가 나를 낳았다면 어떤 연유로 내가 이리된 것인지 물었겠으나 나는 어머니가 주워온 자식이다. 강물에 떠 내려가던 귀여운 아기를 건져 곱디곱게 키운 게 아니라 산으로 버섯을 따러 갔는데 못 보던 구멍이 파여 있더란다. 깊은 구멍이 아니라 사발을 엎어놓은 것 같은 얕고 자그마한 구멍이었다고. 구멍 속에 빨간 갓난아기인 내가 있었고, 여자애라는 걸 확인하고 데려왔단다. 어느 정도 키워 제구실 못 하는 아들의 처로 삼을 생각이었다고. 그걸 내게 숨기지도 않고 공공연히 말했다. 당연하게도 나는 세간살이를 넣어둔 광에서 잠을 자고, 탄 누룽지 같은 것만 먹고 살았다. 어쩌다 생선을 굽는 날엔 오라비가 먹고 난 뒤 뼈에 붙은 부스러기를 주워 입에 넣었다. 그렇게라도 비릿한 생선 맛을 보고 싶었다.

난 늘 배고팠다. 내 능력을 조금 더 일찍 알았더라면 황영감으로 변신해 주막에서 국밥을 먹고 외상으로 달아놓았을 텐데. 처음으로 달거리하기 전까지는 내 능력을 몰랐다.

열세 살 되던 해 봄, 첫 달거리를 했다. 어머니는 이제 네가 밥값을 하겠구나, 라며 웃었다. 난생처음 쌀밥을 고봉으로 퍼주고, 그 위에 고추장 한 숟갈을 올려주었다. 나는 쌀이라는 게 그렇게 보드랍고 단맛이 나는 건지 미처 몰랐다. 며칠 후 어머니가 달거리가 끝났는지 물었다. 그렇다고 하자 어머니는 나더러 오라비의 방에 들어가라 했다. 억지로 내 등을 떠미는 어머니에게 물었다.

"어머니, 왜 이러세요?"

"누차 말하지 않았느냐? 내가 너를 데려온 건 살림이 넉넉해서도 자비심이 있어서도 아니다. 네가 자라면 변변치 않은 아들놈의 처로 삼을 생각이었다."

어머니가 냉랭하게 말했다. 나는 울먹이며 답했다.

"설마 그 말이 진심일 줄은 몰랐습니다. 저를 놀리려 하는 말인 줄로만 알았습니다."

"놀려? 내가 너를 왜 놀린단 말이냐. 어서 들어가거라."

어머니가 나를 억지로 방 안에 처넣었다. 방 안에는 바지저고리 차림의 오라비가 있었다. 오라비가 호롱불을 껐다. 그리고 내게 얼굴을 들이밀며 웃었다. 어둠 속에서도 오라비의 누런 이가 섬뜩하게 빛났다.

"자연아. 네가 드디어 여자가 되었구나."

오라비가 저고리를 벗어 던지며 말했다. 고약한 입냄새

가 역겨워 헛구역질이 절로 났다. 무슨 일이 일어날지 배운 적도 가르쳐 준 이도 없지만 본능으로 알 수 있었다. 나는 오라비에게 겁탈당할 것이다. 내가 원하든 원하지 않든. 나는 그것을 위해 이 집에서 길러진 존재이므로.

꼼짝없이 당해야 하나? 싫다. 혐오스럽다. 그렇게 생각하면서도 어찌할 도리가 없었다. 자포자기의 심정이었으나 그가 내 옷고름을 풀었을 때 진심으로 빌었다. 강하고 무서운 무언가가 되고 싶다. 그래, 곰이 좋겠다. 내가 곰이 될 수 있다면…….

그 순간이었다. 내 손톱이 쇠갈고리처럼 길고 강해졌다. 팔뚝은 굵어지고 빼곡한 갈색 털이 돋아났다. 가느다란 비명이 커다란 포효로 바뀌었다. 오라비는 꼴사납게도 오줌을 지렸다. 고약한 냄새가 진동했다. 짐승의 냄새였다.

난 곰이 되어 있었다.

지레 놀라 소리를 지르자, 짐승의 울음이 좁은 방 안을 흔들었다. 벌벌 떠는 오라비를 뒤로한 채 창호문을 찢고 방을 뛰쳐나왔다. 갈증이 났다. 나는 냇가로 가 물을 마셨다. 목구멍에 들이붓듯이, 족히 한 양동이를 마시고 나니 내 모습으로 돌아왔다.

그날 밤, 나는 다양한 동물로 변신했다. 토끼, 너구리, 멧돼지…… 변하지 못하는 게 없었다. 혹시나 해서 바위로도 변신해 봤다. 성공이었다. 나는 무엇이든 될 수 있었다. 한껏 고양된 나는 늑대가 되었다. 절벽 위로 올라가 길게 울부짖었다. 그때만큼은 세상을 다 가진 기분이었다.

그길로 떠돌아다닌 것이 삼 년. 나는 열여섯이 되었다. 삼 년 동안 떳떳하지 못한 방법으로 살아남았다. 어디서든 굶주림이 가장 나를 괴롭혔다.

마을의 주막을 기웃거리며 주모와 각별해 보이는 사람의 모습을 새겨 두었다가 그와 똑같은 모습으로 변신해 외상으로 국밥을 먹었다. 외상을 주었네, 아니네. 나로 인해 싸움에 휘말리겠지만 달리 배고픔을 해결할 방법이 없었다.

잠잘 곳을 구하는 것도 쉬운 일이 아니었다. 찾아오는 이가 드물고 동자승이 많은 절에 들어가 얌전하고 말수가 적은 아이의 모습이 되어 숙소에서 끼어 잠들곤 했다. 그게 그나마 평화로운 방법이었다. 단점이라면 새벽 일찍 일어나 길을 떠나야 한다는 것.

하루는 너무 고된 탓인지 늦잠을 자고 나오다 주지 스님과 마주쳤다. 좁은 길이라 달리 피할 도리가 없었다.

"안녕하십니까."

기어들어 가는 소리로 인사를 하고 지나가는데 스님이 물었다.

"너는 누구냐."

서늘한 물음에 가슴이 내려앉았다. 나는 아이의 이름을 모른다. 전날 밤 얼굴을 보고 그대로 변했을 뿐이다. 우물쭈물하고 있는데 스님이 가까이 오더니 나를 뚫어지게 보았다.

"너는 해인이가 아니로구나."

어쩔 줄 모르고 고개를 푹 숙였다. 입안이 바싹 말랐다. 세상의 이치를 통달했다는 주지 스님이니 겉모습이 아닌 속까지 꿰뚫어 볼 수 있는 것일까.

"외로웠겠구나. 가만, 너 어디 가지 말고 잠시 게 있거라."

다른 때 같으면 고라니로 변해 냅다 도망갔겠지만 어쩐지 그 자리에 발이 달라붙은 듯 꼼짝 못 하고 서 있었다. 잠시 뒤에 스님은 작은 보따리를 들고 왔다.

"먹을 걸 좀 챙겼다. 어딜 가든 항상 몸조심하거라."

"어찌하여 제 정체를 알고도 잘해주십니까?"

스님이 인자한 미소를 머금었다.

"나는 네 정체를 모른다. 하지만 네가 무엇이든 이 땅에 살고 있는 생명이 아니냐. 생명은 모두 귀하다."

절에서 나오는데 눈물이 흘렀다. 생명은 모두 귀하다. 살아오며 들은 가장 따뜻한 말이었다. 어머니도, 오라비도, 마을의 누구도 나를 귀하게 대해주지 않았다. 긴장으로 굳었던 몸에 힘이 빠졌다. 나는 그 자리에 쪼그려 앉아 닳아빠진 소매 끝이 다 젖도록 울었다.

배가 고파졌을 때 보따리를 열었다. 인절미와 엿, 약과가 들어 있었다. 약과는 아버지의 제사를 지낼 때 봤지만, 한 번도 먹어본 적이 없어 무슨 맛인지 몰랐다. 나는 약과 한 입을 베어 물었다. 달고 고소했다. 이렇게 달고 맛있는 음식이 세상에 있다니. 한입에 다 넣어버리고 싶었지만 꾹 참고 남은 것을 종이에 싸 보따리 안에 넣었다. 두고두고 아껴먹을 생각이었다.

저녁이 되었다. 배는 어김없이 고팠다. 더운 날씨 탓에 인절미에서는 벌써 쉰내가 났다. 어쩔 수 없이 남은 떡을 다 먹고 개울가에서 씻은 뒤 바위로 변신해 잠이 들었다.

그리고 다음날 일어나 걷기 시작했다. 어디로 갈지 정하지도 않고 이 마을 저 마을을 떠돌며 방랑 생활을 했다.

오일장이 서는 날이었다. 나는 장터의 국밥집으로 갔다. 장이 서는 날은 온 마을이 떠들썩하고 활기가 넘쳤다. 장터에는 워낙 뜨내기손님이 많으니 외상은 주지 않을 것이다. 나는 며칠 전 스쳐본, 등이 굽은 노파로 변했다. 그리고 국밥 장수 중에 주인아주머니의 인심이 가장 좋아 보이는 가게로 들어갔다.

"이보게, 내 너무 배가 고파 그러네. 미안하지만 국밥 한 그릇 얻어먹을 수 있겠나?"

나는 구부정한 허리를 더욱 낮추고 말했다. 잠시 나를 보던 아주머니는 고개를 저었다.

"아니요. 안 되겠어요."

역시 무리한 부탁이었나. 한숨을 쉬며 돌아서는데 주인아주머니가 앞치마에서 엽전 한 닢을 꺼내 내 손에 쥐여주었다.

"공짜로 얻어먹으면 저 손님들이 할머니를 낮잡아 보지 않겠소? 이거 들고 어여 저기 저 집에 가서 드소. 저 집 국밥이 괴기가 많고 맛있소. 우리 집 국밥보다야 못하지만."

"고맙소. 참말로 고맙소."

나는 구부러진 허리가 휘어질 듯 인사하고 나왔다. 일면식 없는 노파의 사정을 헤아려주다니 가슴이 먹먹했다. 아주머니의 굳은살 박인 거친 손을, 나는 오래도록 기억할 것이다.

아주머니가 알려준 국밥집으로 가서 허겁지겁 뜨신 국물을 퍼먹었다. 잇몸이 데어 벗겨지거나 말거나 허기를 채우느라 제대로 씹지도 않고 삼켰다. 바닥에 국물과 밥알 몇 알을 남기고 있을 때였다. 한 무리의 사내들이 들어왔다. 차림새를 보아 자잘한 물건을 팔러 돌아다니는 상인들 같았다. 사내들은 큰 목소리로 떠들어댔다. 자연스레 그들의 대화가 들렸다.

"자네들, 건넌 마을 옹고집 영감 얘기 들었나?"

"아, 옹고집? 그 얘기 모르는 놈도 있나?"

"뭔데? 나는 모르는 일이구먼."

한 사내가 고개를 젓자 말을 꺼낸 이는 신이 난 듯 이야기를 시작했다.

"저기 재 너머 옹달 우물과 옹 연못이 있는 옹진골 옹당촌에 옹고집이란 사람이 사는데 말이야. 성정이 아주 고약해 동네 개도 피해 다닌다지. 그런데 얼마 전 똑같이 생긴 놈이 하나 더 나타났다는 거 아냐. 내가 옹가네 네가 옹가네 하며 난리가 났다지 뭔가.”

똑같이 생긴 놈이 나타났다? 그 얘기를 듣는 순간 뚝배기를 긁던 숟가락이 멈췄다.

“호오, 쌍둥이도 아닌데 똑같이 생겼다고?”

“그러니 귀신이 곡할 노릇이지. 그래서 진짜를 가리러 원님한테 갔다지 뭔가.”

“원님한테?”

“현명하신 원님이 가짜를 가려내고 지금은 정신을 차렸는지 아주 착해졌다지 뭔가. 홀어머니도 잘 공양하고.”

쌍둥이가 아닌 똑같은 사람. 어쩌면 세상에 나 같은 존재가 또 있는지도 모른다. 나처럼 신체를 자유자재로 변형할 수 있는 사람이 옹고집으로 변신한 거라면? 굳이 내가 진짜니 네가 가짜니 싸우면서까지 그 집에 머물러야 했던 이유는 뭘까? 나처럼 떠돌다가 지친 것일까?

나는 재 너머 옹달 우물과 옹 연못이 있는 옹진골 옹당촌에 가기로 했다. 그곳에 가서 너는 무엇이냐고, 아니 나는 무엇이냐고 물어야 했다.

늦은 밤, 개울에서 몸을 씻고 있을 때였다. 차가운 물이 피부에 닿을 때마다 정신이 또렷해졌다. 경계를 풀고 물에 몸을 담그려는데 인기척이 느껴졌다. 본능처럼 바위로 변신하려 했는데 그쪽이 나타난 게 더 빨랐다. 나는 얼른 나무 아래 벗어놓은 저고리를 입었다.

"나보다 먼저 손님이 와 있었구나."

다행히 젊은 여인이었다. 곱게 짜인 모시 치마저고리, 섬세한 자수가 놓인 자락. 한눈에 봐도 양반집 규수였다. 그 여인이 맨발로 개울가에 다가섰다.

"나도 이따금 밤늦게 여기 와서 멱을 감는단다."

양반집 규수가 개울에서 멱을 감는다니 상상도 할 수 없는 일이다. 나는 눈을 둥그렇게 뜨고 여인을 바라봤다. 여인이 나를 보며 나지막이 웃었다.

"그리 놀랄 것 없다. 멱을 감는다는 건 거짓이고 가끔 적적함을 달래러 이리 온단다. 물 흐르는 소리를 들으면 마음이 편안해지거든."

여인은 아련한 눈빛으로 개울에 손을 담갔다. 손목 위로

맺히는 물방울이 달빛에 반짝였다. 가만히 그 모습을 바라 봤다. 옆얼굴이 무척 쓸쓸하게 느껴졌다. 여인이 고개를 돌려 내게 물었다.

"너, 보아하니 갈 데가 없는 아이로구나?"

나는 얼굴에 묻은 물기를 손등으로 훔치고는 고개를 끄덕였다.

"부모님은?"

부모님이 안 계시는 게 부끄러운 일도 아닌데 나도 모르게 고개를 숙인 채 도리질을 했다. 때가 묻은 치마는 꼬질꼬질하다 못해 반들거렸다.

"말을 하지 못하는 것이냐?"

"아닙니다. 그저…… 마님처럼 지체 높으신 분과 만난 적이 없어서……"

나는 여인의 눈치를 보며 느릿느릿 말했다.

여인은 내 행색을 보며 한숨을 쉬었다. 나는 어찌할 바를 몰라 손톱 끝만 만지작거렸다.

"괜찮다면 내 몸종이 되면 어떻겠느냐?"

여인이 조용한 목소리로 물었다. 너무도 갑작스러운 말에 나는 아무 대답도 하지 못했다. 여인이 덧붙였다.

"마침, 내 몸종이 사내와 눈이 맞아 도망가는 바람에 구하고 있던 참이다."

"말씀은 고맙지만 저는 할 줄 아는 일이 없사옵니다. 바느질도, 밥도 짓지 못합니다."

"괜찮다. 그 일을 할 하인들은 따로 있단다. 넌 그저 잔심부름이나 하면 된다. 내 말동무도 하고."

여인의 다정한 말에 마음이 흔들렸다. 하지만 옹고집을 찾으러 가는 일이 먼저였다.

"마님…… 실례지만 여기서 옹당촌이 가깝습니까?"

"옹당촌? 달포는 족히 걸릴 게야."

달포라니, 이미 삼 년을 떠돌아다녔다. 나는 편안한 잠자리가 그리웠다.

"왜 옹당촌에 가려는지 묻지 않겠다. 다만 새로운 몸종을 구하기 전까지만 내 집에 머무르렴. 잠시 쉬어가도 좋지 않겠니?"

나쁘지 않은 제안이었다. 요 며칠 덥고 습한 날씨 탓인지 몸이 자꾸 처졌다. 얼마간 쉬면서 기력을 충전하고 다시 길을 떠나면 좋을 것이다.

"고맙습니다, 마님. 고맙습니다."

“아까부터 마님이라니, 아씨라고 불러라. 내 이름은 진이
다.”

“진이 아씨……”

얼굴만큼이나 고운 이름이었다. 다시금 아씨의 큰 눈과
흰 피부를, 아름다운 옷을 감탄하며 바라보았다.

“네 이름은 무엇이냐?”

“자연이라고 합니다.”

“자연이라고? 드문 이름이구나.”

“아기 때 유난히 피부가 붉어서 자주 자(紫)를 썼다고 합
니다.”

“자연(自然)과 발음은 같고 뜻은 다르구나. 어쨌거나 좋은
이름이다.”

두런두런 이야기를 나누며 천천히 아씨의 집으로 갔다.
낮에는 무더웠지만 밤이 되니 서늘한 바람이 나뭇잎을 흔
들었다. 진이 아씨는 박 진사 댁의 며느리고 지금은 별채에
홀로 떨어져 산다고 했다. 혼인한 몸으로 혼자 산다니 무슨
사연이 있는 거라 짐작했다.


“여기다.”

진이 아씨가 담담히 말했다. 검은 기와가 단정히 얹힌 집이었다. 담장은 높았고 회벽은 달빛을 받아 희뿌옇게 빛났다. 아씨가 대문을 밀자 경첩이 끼이익, 낮게 울었다. 아씨는 어깨를 움츠리며 속삭였다.

"어서 들어가자."

나는 조심히 문턱을 넘었다. 태어나서 처음으로 기와집 안에 들어가는 순간이었다. 아씨의 말대로 본채 뒤에 별채가 있었고, 그 옆에 하인들이 머무는 숙소가 있었다. 아씨가 숙소 앞에서 부드럽게 외쳤다.

"창덕아."

곧 주근깨가 가득한 여자가 나왔다. 아씨 또래로 보였지만 얼굴에는 경계심이 묻어 있었다.

"이 아이는 오늘부터 내 치다꺼리를 할 것이다. 경득이가 쓰던 방을 내주어라."

"네, 아씨."

아씨가 별채로 들어가자, 창덕이 못마땅한 말투로 물었다.

"네 이름이 무엇이냐?"

"자연이라 합니다."

"어디서 왔느냐?"

"아랫마을에서 왔습니다."

창덕은 나를 위아래로 훑더니 쯧, 혀를 찼다.

"아씨는 왜 근본 없는 것들을 들이는지 모르겠네."

나는 두 손을 가지런히 모으고 애꿎은 아랫입술만 깨물었다. 내 처지를 굳이 설명하고 싶지 않았다. 아니, 설명할 길이 없었다. 따지고 보면 '근본 없는 것'도 틀린 말은 아니었다.

"그래도 우리 식구가 된 걸 어쩌겠냐. 이리 와라."

창덕이 나를 방으로 데려갔다. 작고 어두운 방구석에 이불과 요가 개켜 있었다. 그리 깔끔하진 않았지만, 내게는 모든 것이 황송했다. 나는 이부자리를 펴고 그 위에 몸을 눕혔다.

처음이었다. 내가 마음 편히 누울 수 있는 공간이 있는 건. 이 작은 공간은 온전히 내 것이다. 동자승으로 변신한 것이 들킬까 봐 눈치 보지 않아도 된다. 바위로 변해 개울가에서 자다가 밤이슬을 맞지 않아도 된다. 진이 아씨를 만난 게 꿈만 같았다.


다음 날 아침, 진이 아씨가 나를 불렀다. 옥색 장옷을 두른 아씨는 나에게 산책을 가자고 했다. 나는 기쁜 마음으로 따라나섰다.

"그러고 보니 네 나이도 묻지 않았구나."

"열여섯입니다."

"그래? 난 열서넛이나 된 줄 알았구나. 내가 서방님을 만난 것도 열여섯이었는데……"

아씨의 눈빛이 아득해졌다. 장지문 너머 먼곳을 바라보는 듯한 눈 자위가 붉었다.

"서방님은 삼 년 전 과거를 보러 가서 돌아오지 않으셨다. 백방으로 찾아봤으나 산길에서 호랑이를 만났는지 도적 떼가 습격했는지 흔적조차 찾을 수가 없었지. 나는 서방님이 살아계신다고 믿는다. 분명 살아계실 것이다. 살아서 내게 돌아오실 거야."

아씨가 가슴을 두드리며 소리 없이 눈물을 흘렸다. 누군가를 사랑하는 마음은 이토록 깊은 것인가. 사랑을 주지도 받아보지도 못한 나로서는 이해하기 어려웠지만 명치께가 저릿한 느낌이 들었다.

나는 아씨와 신분은 달랐지만, 아니 다르다고 표현하기 죄스러울 정도로 엄청난 차이가 났지만 둘 다 외롭다는 면에서는 공통점이 있었다.

한 달이 꽉 차도록 아씨는 새로운 몸종을 구하지 않았다. 솔직히 말하면 나도 떠날 생각이 없었다. 끼니 걱정을 하지 않아도 되고 지붕이 있는 곳에서 매일 밤 편안한 잠을 이룰 수 있다는 게, 누구도 나를 이용하려 들지 않는다는 게 마음 편하고 좋았다. 아씨 말대로 일도 고되지 않았다. 그래도 창덕의 눈밖에 나지 않기 위해 묵묵히 일했다. 이런 곳을 두고 옹고집을 찾아 나선다는 것이 현명한 일일까?

시간은 물처럼 흘러 또다시 한 달이 흘렀다.

보름달이 여느 때보다 크고 환하게 뜬 밤이었다. 선잠이 들어 비몽사몽인데 장지문 밖에서 아씨의 목소리가 들렸다.

"자연아, 자연아."

"네, 아씨."

나는 이불을 박차고 일어나 문을 열었다. 아씨의 얼굴이 창백했다.

"무슨 일이십니까, 아씨."

"불길한 꿈을 꾸었다. 혼자 자기 무서워…… 내 방에 와주겠느냐?"

"그럼요, 아씨. 당연하지요."

나는 아씨의 방에 들어갔다. 방에서는 좋은 향기가 났고 천장과 벽지에는 얼룩 하나 없었다. 방바닥에는 아씨의 침구 말고도 요와 이불이 한 채 더 깔려 있었다.

"실은…… 네가 여기서 함께 자면 좋겠구나."

아씨가 겸연쩍은 듯 얼굴을 붉히며 말했다. 아씨는 무서움을 많이 타는 편인가 보다. 나는 미소 지으며 고개를 끄덕였다.

"네, 아씨. 예서 자겠습니다."

나는 폭신한 이불 안으로 들어갔다. 구름 같은 잠자리에서 곤한 잠에 빠졌다. 경득이가 쓰던 방도 아늑했으나 아씨의 방에 비할 바가 아니었다. 집을 나온 뒤로, 아니 태어나서 처음으로 아무 걱정 없이 보호받는다는 느낌 속에 잠든 것이다.

"자연아, 자연아……"

아씨가 내 이름을 부르는 소리에 번쩍 눈을 떴다. 불길한 꿈을 꿨다며 나를 찾아왔을 때보다 열 배는 더 창백한 얼굴이었다. 아씨가 떨리는 목소리로 물었다.

"너는 무엇이냐?"

나는 흠칫하면서도 짐짓 시치미를 뗐다.

"무엇이냐니요?"

"너는 방금 자줏빛, 형체를 알 수 없는 무언가였다. 붉은 지렁이 같기도 하고…… 그것이 너였다."

내가 입을 열기도 전에 아씨의 말이 이어졌다.

"내 눈으로 똑똑히 봤다. 너는 인간이 아니야. 인간이 아닌, 괴이로구나."

다른 누구도 아닌, 진이 아씨가 나를 괴이라고 부르다니 눈물이 와락 쏟아졌다. 나는 목멘 소리로 말했다.

"저도…… 제가 무엇인지 알지 못합니다. 다만 아씨와 다른 존재라는 건 압니다. 아씨가 저를 괴이라고 부르신다면 괴이인지도 모르겠습니다."

일순 침묵이 흘렀다. 조금은 냉정을 찾은 듯 아씨가 차분한 목소리로 물었다.

"네가 말하는 다른 존재란 무엇이냐?"

나는 잠시 망설였다. 내가 무엇인지 누구에게도 말한 적이 없다. 하지만 진이 아씨에게라면 말해도 괜찮지 않을까.

"저는 다른 이의 모습으로 변신할 수 있습니다. 한번 본 사람이나 동물은 물론, 사물로도 변할 수 있습니다."

아씨는 그럴 리 없다는 듯 고개를 저으면서 눈을 가늘게 떴다. 하지만 눈동자에 깃든 호기심은 감출 수 없었다.

"정말이냐?"

"네."

"어디 그럼 나로도 변할 수 있느냐?"

내게는 너무나 쉬운 일이었다. 잠시 숨을 고른 뒤, 아씨의 모습으로 변신했다. 하얀 피부, 맑은 눈동자, 단아한 이목구비.

그 모습으로 변하자 아씨의 얼굴이 순식간에 굳었다. 아차 싶어 얼른 내 모습으로 돌아왔다.

"정말이구나. 너는 어떤 모습으로든 변신할 수 있구나."

아씨의 손이, 목소리가 떨렸다. 나는 아씨에게만큼은 무서운 존재가 되고 싶지 않았다.

"나가라고 하시면 나가겠습니다."

아씨가 깊은 한숨을 쉬었다.

"아니다. 지금 당장은…… 아니야. 내일 날이 밝은 뒤에 이야기하자. 네 침소로 돌아가거라."

나는 고개를 들지 못하고 아씨의 방에서 나왔다.

내 방에 돌아와 낡고 납작한 요 위에 몸을 누였다. 자주

색의 무엇, 붉은 지렁이…… 그것이 내 본모습인가? 그렇다면 이 껍데기는 도대체 누구의 것이란 말인가? 내가 알고 있는 내 모습은 과연 진짜일까? 지나치게 편한 잠자리에 긴장이 풀어지고, 그 틈을 타 내면에 눌러두었던 무언가가 드러난 것일까?

도대체 나는 무엇인가. 왜 이 모습으로 살고 있는 것일까?

새벽닭이 울기도 전에 일어나 짐을 꾸렸다. 짐이라고 해 봐야 신던 버선 몇 켤레와 속곳뿐. 당연히 나가야 한다. 아씨는 더 생각해 보겠다고 했지만 내가 여느 인간이 아니라는 걸 안 이상 함께 지내기는 어려울 것이다. 그래도 말없이 떠나는 건 옳지 않았다. 아씨에게 마지막 인사는 드리고 가야 했다.

"아씨, 자연이옵니다."

문 앞에 서자 어젯밤 두근거리며 이 방에 들어서던 순간이 떠올랐다. 아씨의 목소리가 안에서 들려왔다.

"들어오너라."

주저하던 나는 방 안으로 들어갔다. 아씨는 밤새 잠을 이루지 못한 듯 얼굴이 푸석하고 눈그늘이 짙었다.

"앉아라."

나는 조심스레 자리에 앉았다. 아씨가 내 얼굴을 빤히 쳐다봤다. 그 눈빛이 어찌나 강렬한지 공연히 얼굴이 달아올랐다. 침묵이 이어졌다. 나는 작게 헛기침하고 입을 열었다.

"떠나기 전에 아씨께 인사를 드리고 싶었습니다."

그제야 아씨가 고개를 끄덕였다. 그리고 물었다.

"정녕, 너는 어떤 모습으로도 변할 수 있다 했느냐?"

"그러하옵니다."

"네가 본 것이라면 누구든지?"

"예."

아씨가 서안 위의 족자를 집어 펼쳤다. 족자 안에서 초상화가 나타났다. 젊은 사내의 초상화였다. 갓을 쓰고, 푸르게 보일 정도로 흰 도포를 입은 남자였다. 유난히 얼굴이 하얗고 눈썹이 가지런한 것이 미소년처럼 보였다. 아씨가 가늘게 떨리는 목소리로 말했다.

"이분은 내 서방님이시다."

"서방님이요?"

"그래. 일전에 말하지 않았느냐. 그분은 삼 년 전 떠났고, 아직 돌아오지 않았지."

아씨는 초상화를 내려다보았다. 그림 속 얼굴을 쓸어내

리는 가느다란 손가락이 떨렸다.

"부탁이다. 이 모습으로 변해다오."

"아씨……"

"네가 할 수 있는 일이고 내가 원하는 일이다. 나에게 그 정도는 해 줄 수 있지 않느냐?"

아씨의 심정은 이해할 수 있었다. 하지만 이것은 지금껏 내가 해 왔던 생존을 위한 변신과는 다르다. 내게 변신의 원칙이 있는 것은 아니지만 이런 형태는 좋지 않다고 내 안의 본능이 경고했다. 나는 섣불리 대답하지 못하고 치맛자락 아래로 삐져나온 아씨의 하얀 버선 발만 내려다봤다.

"단 한순간이라도 좋다. 그 얼굴을 마주하고 싶구나."

진이 아씨가 두 손으로 내 볼을 감쌌다. 아씨가 진정 원하는 일이라면 한 번쯤은 들어줘도 되지 않을까?

"서방님의 키는 어느 정도 되십니까?"

"나보다 한 척은 크다. 남정네지만 손이 참 고왔지."

후우, 눈을 감고 숨을 길게 들이켰다. 내가 본 모습을 머릿속으로 그려 넣고, 그것을 하나하나 내 몸에 입히듯이 변해 갔다. 팔다리가 길어지고, 턱의 윤곽이 바뀌었다. 눈매가 부드러워지고, 입가에 작은 주름이 생겼다. 그리고 눈이 시리도록 흰 도포가 내 몸을 감쌌다.

"서방님!"

아씨는 나를 향해 달려들어 안겼다. 눈물이 내 목덜미를 적셨고 몸의 떨림이 그대로 전해졌다. 나는 뻣뻣하게 굳은 팔을 굽혀 아씨의 등을 토닥였다.

"서방님…… 내가…… 얼마나…… 그리웠는지 아시오?"

내 가슴에 얼굴을 묻고 마냥 흐느끼는 아씨. 그 순간 나는 내가 누구인지 잊은 채, 아씨를 묵묵히 안고 있었다.

나는 진이 아씨 곁에 며칠 더 머무르기로 했다. 서방님으로 변신한 나를 보며 한없이 기뻐하는 아씨를 차마 뿌리칠 수 없었다.

밤이면 아씨와 처음 만난 개울가에 나가 발을 담그고 이야기를 들었다. 나는 서방님에 대해 알 길이 없으므로 아씨가 종알종알하는 얘기를 그저 들어줄 뿐이었다. 서방님인 척 고개를 끄덕이고, 웃고, 눈을 마주치고…… 가짜 서방님을 마주한 아씨는 진정으로 행복해 보였다. 하지만 나는? 나는 이런 역할극이 혼란스러웠다. 이제는 그만둬야 해. 내일은 웅고집을 찾으러 떠나야지. 마음속으로 되뇌면서도 소리 내어 웃는 아씨를 보며 하루하루 떠날 날을 미뤘다.

그리고 운명처럼 그날이 왔다.

늦은 밤, 익숙한 목소리가 나를 불렀다.

"자연아."

나는 문을 열고 나갔다. 평소처럼 산책하자는 말을 할 줄 알았다.

"내 방으로 들어오너라."

방 안 분위기는 사뭇 달랐다. 은은한 등잔불 아래 주안상이 차려져 있었다. 가까이 보니 아씨의 뺨이 불그레하게 달아올라 있었다. 아씨가 술잔을 집어 들어 단숨에 삼켰다.

"뭐 하느냐? 어서 나의 서방님이 되지 않고."

평소와 달리 높고 날이 선 목소리였다. 불안감이 엄습했으나 어쩔 도리가 없었다. 나는 조용히, 서방님으로 변신했다. 아씨가 내게 술잔을 건넸다.

"마셔라."

"아씨, 저는 술을 못하옵니다."

"명이다. 마셔라."

더는 거절할 수가 없었다. 억지로 술을 넘기니 매캐한 기운이 목구멍을 쏘아 기침이 나왔다. 콜록대는 나를 보며 아씨가 깔깔 웃었다.

"서방님, 여전히 술이 약하신가 봅니다."

아씨가 내게 성큼 다가왔다. 여태껏 서방님 흉내를 내긴 했지만 아씨도 선을 넘은 적은 없었다. 그런데 다른 날과 달리 분위기가 심상치 않았다.

"안아줘. 안아주세요, 서방님."

느슨하게 풀린 옷고름. 나는 움찔하며 뒤로 물러났다.

"아씨…… 취하셨습니다. 그리고 저는…… 서방님이 아니지 않습니까?"

"상관없다. 나는 서방님의 품이, 인간의 품이 그립다. 따뜻한 체온과 다시는 느낄 수 없을 줄 알았던 숨결이……"

나는 서방님도, 인간도 아니다. 그러나 그토록 외로움에 사무친 아씨를 잠시 안아주고 싶었다. 그건 나 자신을 안는 것과 같은 일인 듯 느껴졌으므로.

서서히 팔을 들어 아씨의 어깨를 감싸안았다. 내 품 안에서 흐느끼던 아씨는 취한 듯 지친 듯 잠이 들었다. 행여 깨어날세라 조심스레 아씨를 안아 요 위에 눕혔다. 옷자락을 여미고, 이불을 덮어주었다. 발그레한 볼을 살포시 어루만졌다. 지금이야말로 떠나야 할 때라는 걸 알았다.

문을 열고, 뒤를 돌아봤다. 마지막으로 진이 아씨를 눈에 담고 조용히 나왔다.

창백한 별이 뜬 푸른 새벽이었다.


아씨를 떠난 뒤 밤낮없이 걸었다. 먹지도 않았다. 쉬지도 않았다. 갈증으로 목구멍이 찢어질 듯한 고통이 찾아오면 그제야 개울에서 물을 삼켰다. 초승달도 사라진 어두운 밤, 반쯤은 넋이 나간 채로 걷다가 도적 무리를 만났다. 험상궂게 생긴 사내 셋이었다. 금방이라도 나를 잡아먹을 것처럼 달려들던 도적들은 내가 눈 깜짝할 사이 호랑이로 변신하자 단박에 줄행랑을 쳤다. 약자를 괴롭히고 강자를 두려워하는 소인배들. 나는 그들에게 겁을 주고 싶었다. 달아나는 사내들을 마을 어귀까지 쫓아가며 날카롭게 포효했다.

다음 날 다시 그들을 마주쳤다. 그들은 장터 한쪽에서 줄타기를 하고 있었다. 밤에는 도적질을 하고 낮에는 곡예를 하며 돈을 버는 모양이었다. 밤과 낮이 다른 얼굴을 가진 자들. 이중의 얼굴. 어쩌면 이 자들은 나랑 닮았는지도 모른다. 나는 어디선가 보았던 곱상한 청년으로 변해 그들 앞에 섰다. 그리고 우두머리인 듯, 목소리가 크고 턱수염이 덥수룩한 사내에게 말했다.

"나를 곡예패에 받아주시오."

"하, 대체 무슨 재주가 있길래 이리 당돌하단 말이냐?"

사내가 코웃음을 쳤다.

"얼굴을 바꿀 수가 있습니다."

"얼굴을 바꾼다고? 네가 변검술을 한단 말이냐?"

"그렇소."

"변검술이 아무나 하는 건 줄 아느냐. 조선 땅에 할 줄 아는 이가 손에 꼽힐 게다."

사내들이 피식피식 웃었다. 오라비가 떠오르는 누릿한 웃음에 비위가 상했지만 꾹 참았다.

"그래. 내 속는 셈 치고, 어디 한번 해 봐라. 대신 못하면 가만두지 않겠다."

그의 말이 끝나기가 무섭게 얼굴을 바꿨다. 일부러 탈처럼 생긴 얼굴로 변했다. 사내들이 눈을 휘둥그레 뜨더니 환호성을 지르며 박수를 쳐댔다.

"너 참말로 대단하구나. 이름이 무엇이냐?"

"자연이오."

"예쁘장하게 생긴 게 이름도 계집애 같구나."

"이름이 뭔 상관이고. 재주가 저리 좋은데."

"잘 왔다. 오늘부터 우리랑 같이 다니자!"

신이 난 사내들이 저마다 떠들었다. 내 목적은 따로 있었다. 내가 가진 능력으로 곡예패에서 재주를 부리면 그 이야기가 퍼져나가 나랑 비슷한 이가 나타날지도 모른다. 그것이 옹고집이든 아니든. 적어도 나와 닮은 누군가. 내 근원에 닿아 있는 존재가.


사내들이 만든 무대는 조악했다. 무대라고 부를 만한 것도 아니었다. 네 개의 장대를 대충 엇갈려 세우고, 그 위에 헤진 헝겊을 둘러쳤을 뿐이다. 발이라도 걸리면 금세 쓰러질 듯한 위태로운 구조였다. 그런데도 공연을 할 때는 잠시나마 순수한 기쁨이 스쳤다.

나를 바라보는 수많은 눈. 그중에서도 초롱초롱 빛나는 아이들의 눈동자.

양반탈에서 사자탈로, 하회탈로 얼굴을 바꿀 때마다 아이들은 환호했다. 어떤 아이는 앞으로 튀어나와 내 옷자락을 붙잡으려다 어머니에게 끌려가기도 했다.

"또 해줘요! 아까 사자탈 다시요!"

나는 사자탈을 하고 덩실덩실 춤을 추었다. 그 순간만큼은 나 자신이 무엇인지 묻지 않아도 괜찮았다.

나를 구경하러 많은 사람이 모여들었다. 공연이 끝나면 관객들은 구경값으로 엽전을 몇 닢씩 던져주었다.

"거 참, 희한한 재주도 다 있네."

사람들이 감탄하며 돌아가고 나면 사내들은 무대를 걷고 곧장 주막으로 갔다. 그들 앞에는 벅적지근한 술상이, 내 앞에는 국밥 한 그릇이 놓여 있었다. 나와는 겸상하지 않았다.

"오늘은 장사가 아주 잘됐군."

턱수염이 덥수룩한 사내가 말했다.

"요물 하나 데리고 다니니까 팔자가 폈지 뭐야."

다른 사내가 맞장구쳤다. 사내들도 바보는 아니었다. 그들은 내가 단순한 변검술사가 아니라는 것을 눈치챘다. 대놓고는 아니지만 저희들끼리 나를 요물이라 불렀다.

"그렇다고 저놈이 네 마누라로 변해 안아주진 않겠지?"

"조심하라고. 넋 놓고 자다가 저놈이 나로 변해 네 목에 칼을 들이댈지도 몰라."

"네 머리랑 내 머리를 바꿔치기 하는 건 아니고?"

사내들은 저희끼리 낄낄대며 별 우습지도 않은 농담을 주고받았다. 그러면서도 나에게 해를 끼치는 일은 없었다. 내가 돈벌이 수단이니 함부로 대하지 못하는 것이다. 모르긴 몰라도 내 덕에 곡예패의 수입은 예전보다 열 갑절은 늘어났을 것이다. 그들은 더 이상 도적질을 하지 않았다.

밤이면 숙소 한구석에서 인간의 형상 그대로 돌이 되어 잠을 잤다. 그게 가장 안전한 방법이었다. 사내들은 인간이지만 그들이 요물이라고 부르는 나보다 훨씬 더 사악한, 짐승만도 못한 존재들이었다. 그들은 술에 취해 웃고 떠들고, 나는 돌이 되었다. 그런 밤들이 이어졌다.

석 달 열흘. 공연을 하며 떠돌았고, 수많은 이들을 만났다. 그러나 나와 같은 이는 나타나지 않았다. 어쩌면 세상에는 나와 같은 존재가 없는지도 모른다. 설령 있다 하더라도, 자신을 드러내고 싶지 않다면 찾아오지 않을 것이다.

이제는 충분하다. 여기서 더 얻을 건 없다. 떠나는데 미련은 없었다. 다만 아이들의 선한 눈망울을 더 보지 못한다는 건 아쉬웠다.


나는 다시 옹고집을 찾아가기로 했다. 이번에야말로 한

눈팔지 않고 그가 산다는 옹당촌으로 향했다.

보름간 노숙하며 쉬지 않고 걸었더니 과연 연못과 우물이 있는 마을에 도착했다. 옹당촌에서 옹고집의 집을 찾는 건 어렵지 않았다. 때마침 그의 집에서 잔치를 벌이고 있었기 때문이다. 시끌벅적한 소리를 따라가 보니 기와집 문이 활짝 열려 있고, 안에서는 전을 부치는 냄새가 풍겨 왔다. 탁주를 잔뜩 마신 듯 얼큰하게 취해 술 냄새를 내뿜으며 대문을 나서는 남자에게 물었다.

"무슨 잔치를 하는 게요?"

"진짜 옹고집이 돌아왔다오. 예전처럼 인색하게 살지 않겠다며 연 잔치라오."

진짜가 돌아왔다니 가짜는 떠났다는 뜻이다. 내가 한발 늦은 것이다.

"가짜 옹고집은 어떻게 되었나요?"

"그 쥐새끼는 정체가 들통나자 잽싸게 도망갔지. 스님이 진짜 옹고집에게 가짜를 가리는 영험한 부적을 주었다더라고."

남자는 갈지자로 휘청이며 멀어졌다. 옹고집을 만나기 위해 그 먼길을 왔는데, 저 안의 옹고집은 내가 찾는 존재가 아니다. 가짜 옹고집은 어디로 간 걸까? 하루만 더 일찍 왔더라면. 막막했다. 나는 조금 전 만난 남자의 모습으로 안에 들어가 전과 떡을 챙겨 나왔다. 이제 마을에 있을 이유가 없었다.

콩떡을 씹으며 곰곰이 생각했다. 만약 내가 가짜 옹고집이라면 어디로 갔을까? 그래 봐야 떠오르는 곳은 없었다. 어쩌면 그와 나는 만나지 못할 팔자인지도 모른다.

마을을 벗어나 인적이 드문 숲으로 접어들었다. 서서히 날이 저물고 큰 빗방울이 툭툭 떨어지기 시작했다. 비를 피해 달리다 보니 산기슭에 다 쓰러져가는 초가집이 있었다. 지푸라기 이음매에서 물이 뚝뚝 떨어지는 집으로 뛰어들었다. 어둠 속에 누군가 앉아 있었다. 검은 천으로 얼굴을 감싼 소년이었다. 놀란 나는 금방이라도 변신할 준비를 했고, 소년도 깜짝 놀란 듯 물러났다. 나는 주먹을 꼭 쥐고 소년을 노려봤다. 그다지 위험해 보이지는 않았으나 여차하면 노루가 되어 뛰어나갈 생각이었다.

천장에서 떨어지는 빗소리를 들으며 눈싸움하듯 한참을 있었다. 무슨 말을 꺼내야 하나 고민하는데 앉아 있던 소년이 주춤거리며 일어났다. 핫, 입에서 짧은 탄성이 흘러

나왔다.

"놀라지 마. 해치지 않아."

소년이 더욱 구석으로 몸을 옮기며 말했다.

"갈 곳이 없다면 여기서 자도 좋아. 나는 부엌에서 잘 테니까."

소년의 목소리는 상냥했다. 하지만 처음 보는 소년과 같은 지붕 아래서 자는 건 돌로 변한다고 해도 불편한 마음이 들었다. 어쩌나, 바위가 되더라도 밖에서 비를 맞는 건 싫은데.

"정 싫으면 내가 떠날게."

소년이 내 눈치를 보며 말했다. 아무리 주인 없는 집이라도 소년이 먼저 와 있었다. 그건 도리가 아닌 듯했다.

"그럴 것까지는 없어. 내가 나가면 돼. 헌데…… 넌 어디 아픈 거야?"

"아니."

"왜…… 얼굴을 감싸고 있는 거야?"

"그건 네가 알 바 아냐."

소년이 갑자기 퉁명스럽게 쏘아붙였다. 얼굴을 내보이지 못하는 사정이 있을 텐데 경솔한 질문이었다. 나는 더 묻지 않았다. 분위기가 더욱 서걱서걱해졌다.

"난 비만 피하고 갈게."

"아니야. 너도 집이 없잖아."

소년의 눈이 유난히 까맣고 동그랬다. 장터에서 내 재주를 구경하던 아이들과 닮은, 순수한 눈빛이었다.

"너도 나처럼 떠도는 신세구나."

"실은…… 난, 오늘 집에서 쫓겨났어."

"쫓겨났다고? 어쩌다가?"

"내가 가짜라는 게 밝혀졌거든."

소년이 깊은 한숨을 쉬었다. 나는 입을 떡 벌렸다. 내 또래의 소년이기에 미처 생각하지 못했다. 바로 그였다. 내가 그토록 찾아 헤매던 가짜 옹고집.

"그랬구나. 네가 옹고집 행세를 한 거로구나."

"네가 그걸 어떻게 알아? 보아하니 옹당촌 사람도 아닌 것 같은데."

"사실은 네 소문을 듣고 찾아왔어. 널 꼭 만나고 싶었거든."

"나를 만나고 싶었다고? 왜?"

아직은 소년에게 내 정체를 밝히고 싶지 않았다. 소년의

얼굴을 친친 둘러싼 검은 천이 신경 쓰여서, 가능하다면 얼굴을 보면서 이야기하고 싶었다.

"나는 곡예패에 있었어. 변신 재주를 부리며 떠돌다가 옹당골에 옹고집 둘이 있다는 이야기를 듣고 호기심이 생긴 거야. 곡예패 놈들이 도적놈들이기도 했고 핑계 김에 무작정 떠나왔지."

참말 반, 거짓 반이었다. 소년은 고개를 끄덕였다.

"변신 재주라니 어떤 거야?"

"보여줄까?"

나도 모르게 말이 튀어나온 건 소년의 또록또록한 눈망울 때문이었다. 어색한 분위기를 바꿔보고 싶은 마음도 있었다.

"응. 보고 싶어."

나는 소년의 앞에서 얼굴을 몇 차례 바꾸어 보였다. 소년은 숨을 죽이고 바라보았다. 나는 조심스레 물었다.

"넌 정말 옹고집의 모습으로 변한 거야? 왜 하필 옹고집으로 변한 거야?"

"옹고집이 하도 못된 짓을 해서 혼내주고 싶었어. 그리고 나도 가족이 갖고 싶기도 했고."

"하지만 그건, 남의 가족을 빼앗은 거잖아."

"알아. 자랑스러운 일은 아니지."

소년이 기죽은 듯 고개를 숙였다. 나는 문지방에 걸터앉아 보따리를 풀었다. 콩떡을 하나 집어 들고 남은 하나를 소년에게 내밀었다.

"고마워."

소년은 두건을 살짝 올리고는 옆으로 돌아앉아 먹었다. 얼굴에 보이고 싶지 않은 흉터라도 있나?

눅눅한 방에 앉아 있으려니 하품이 나왔다.

"아, 눈이 무겁다."

"먼 길 오느라 피곤했겠네. 난 부엌에서 잘게."

이번에는 내가 감사 인사를 했다. 소년이 장지문을 열고 부엌으로 건너갔다. 나는 맨바닥에 누워 거미줄이 쳐진 천장을 바라봤다. 소년은 다른 이로 변할 수 있는 옹고집이었지만 나랑 같은 존재는 아니었다. 만약 나 같은 신체 변형자였다면 내가 얼굴을 바꿀 때 감탄만 하지는 않았을 것이다.


낡은 이불 한 채 없는 딱딱한 바닥에서 뒤척이다가 자는 걸 포기하고 일어났다. 장지문을 열었다. 부뚜막에 걸터앉아 있던 소년이 나를 돌아봤다. 저도 모르게 그랬는지 얼른 손으로 얼굴을 가렸다. 나는 헉, 숨을 삼켰다. 검은 천을 내린 얼굴은, 쥐의 얼굴이었다. 정확히 말하면 가리고 있던 코 아랫부분이 쥐처럼 뾰족하고 털이 있었다. 그 쥐새끼가 잽싸게 도망쳤지. 술 취한 남자의 말은 단순한 비유가 아니었다.

"흉하지?"

소년이 슬픈 얼굴로 말했다.

"아니, 전혀."

진심이었다. 그는 흉하지 않았다. 소년은 내 얼굴을 말끄러미 바라보다가 안도한 듯 미소 지었다.

"깨어 있을 거면 방으로 들어와."

내 말에 소년이 머뭇거리며 방으로 들어왔다. 그러고는 가장 구석 자리를 찾아 앉았다.

"그래. 내 모습을 봤으니 내 이야기를 해줄게."

"괜찮아. 말하고 싶지 않다면 그냥 있자."

아니, 소년은 고개를 젓고는 결심한 듯 입을 열었다.

"난 사실 쥐였어."

나는 가만히 숨을 죽인 채 이어지는 이야기를 기다렸다.

"몸집이 큰 시궁쥐였지. 어느 날 밤 배가 고파 초가집으로 숨어들어 갔어. 그리고 마당 한 구석에 뿌려진 하얀 가루를 먹었어. 떡가루인 줄 알았거든. 손톱이란 걸 깨달았을 때는 이미 목구멍으로 넘어간 터라 뱉어 내려 해도 소용없었어. 아니나 다를까. 못 먹을 걸 먹어 그런지 찢어질 것처럼 복통이 나더니 몸이 터질 듯이 부풀어 올랐어. 바닥에서 뒹굴며 신음을 흘렸지. 털이 빠지고 입에서는 낯선 소리가 흘러나왔어. 한참이나 몸이 뒤틀리고 부풀다가 이제 꼼짝 없이 죽는구나, 하는데 거짓말처럼 통증이 가시더라. 그런데 앞발을 보니 사람 손이 되어 있지 뭐야? 팔다리도 길어지고. 어찌할 바를 모르고 서 있는데 안에서 아주머니가 나왔어. 내 신음을 들은 모양이었지. 잽싸게 뒤돌아가는데 뒤통수에 대고 용현아, 내 아들. 네가 돌아왔구나, 무당의 말이 맞았구나. 하는 거야. 그 목소리가 어찌나 애절한지 돌아보고 말았어. 그랬더니 아주머니가 소리를 지르며 물러나더라. 얼굴이 하얗게 질려서는 나를 괴물이라 불렀지. 이 괴물, 썩 물러가라, 이 요망한 것아, 라고."

소년의 이야기를 듣는데 문득 진이 아씨의 얼굴이 떠올랐다. 나를 괴이라고 부르며 두려워하던 모습이.

"괜찮아? 낯빛이 안 좋은데."

"응. 계속 얘기해 줘."

"아주머니는 도망치는 나를 쫓아오지 않았어. 소란이 일지 않아 다행이라며 얼굴을 쓸어내리는데 털이 만져지는 거야. 수염이 덥수룩한 사람이 된 걸까? 그렇다기엔 몸이 소년의 몸인데. 마침 보름달이 물을 환하게 밝혔고, 물 위에 얼굴을 비춰본 순간 나는 뒤로 나자빠졌어. 보다시피 내 얼굴의 반은 쥐 모양이었으니까. 평소에는 천으로 얼굴을 가리고 다녔어. 그러다 우연히 어느 집 마당에 뿌려진 손톱을 보았어. 손톱을 먹고 인간도 쥐도 아닌 모습으로 변했으니 저걸 먹으면 어찌 되려나 먹어봤어. 그랬더니 놀라운 일이 일어났지. 손톱 주인의 모습으로 변한 거야. 얼굴까지 완벽하게."

시궁쥐였던 소년은 손톱 주인의 모습으로 변신할 수 있다. 나와는 완전히 다른 존재다. 나는 붉은 지렁이 같은 무엇. 세상에 나 같은 존재는 없다는 실망감과 비슷한 이를 만났다는 안도감이 겹쳤다.

"하지만 네 말대로 다른 이의 가족을, 일궈놓은 인생을 빼앗을 순 없었어. 난 오랫동안 쥐도 사람도 아닌 상태로 세상의 주변을 떠돌아다녔어. 그러다가 옹고집을 보게 된 거야. 시주를 온 스님을 고약하게 괴롭히고 있었지. 듣자 하니 병든 어머니도 잘 돌보지 않는다잖아. 그래서 그 집 툇마루에 숨어들었다가 일부러 옹고집의 손톱을 먹었어. 벌을 주고 싶은 마음이 들었거든."

나는 고개를 끄덕이면서도 한편으로 의문이 가시지 않았다. 가족이, 특히 부인이 정말 진짜를 알아보지 못했을까? 어쩌면 무례한 진짜보다 상냥한 가짜를 택했던 게 아닐까?

"옹고집으로 살면서 내내 불안했어."

소년은 중얼거리듯 작은 목소리로 말했다. 잠시 침묵이 이어졌다. 소년의 얼굴을 확인하고 이야기도 들었으니 나도 내 이야기를 털어놓기로 했다.

"이제 내가 옹당촌까지 온 이야기를 할게. 아까 변신한 거, 단순한 재주가 아니야."

"그럴 거라고 짐작은 했어."

"나는 손톱을 먹지 않아도 다른 이로 변신할 수 있어."

"정말? 마음만 먹으면 변신하는 거야?"

"응. 그래서 널 찾아온 거야. 나랑 같은 사람을 만나고 싶었어."

"같다니, 네가 나보다 나은 것 같은데."

"낫고 못함은 없어. 우리는 조금 다른 거야. 다른 사람들과도."

"그런 멋진 생각은 해본 적이 없어."

소년의 까만 눈동자가 반짝였다. 씰룩이는 분홍색 코도 앙증맞았다. 나는 소년을 보며 떠오른 생각을 말했다.

"나, 너의 모습으로 살아보고 싶어."

"뭐?"

"우리 둘이 같은 모습이라면 조금은 덜 쓸쓸하지 않겠어?"

소년은 생각에 잠긴 듯 아무 말도 하지 않았다. 하지만 표정은 확연히 밝아져 있었다. 나는 소년에게 다가가 손바닥을 내밀었다.

"내게 너의 손톱을 줘."

"손톱을? 왜?"

"나도 너와 같은 방식으로 변신해 보게."

"넌 손톱 먹지 않아도 변할 수 있다며. 내 손톱 깨끗하지도 않은데."

"괜찮아. 내가 그러고 싶어."

정말이냐며 두어 번을 더 확인하고 나서야 소년은 자기 손톱 하나를 물어뜯어 내게 주었다. 초승달 모양의 하얀 손톱이었다. 나는 소년의 손톱을 입에 넣었다. 딱딱한 손톱에서는 찝찌름한 맛이 났다. 나는 손톱을 삼키고 소년처럼 쥐 얼굴을 가진 사람으로 변했다. 자기와 닮은 모습의 소녀로 변하는 나를 보는 소년의 눈에 눈물이 고였다.

"난 당분간 이 모습으로 살 거야."

"정말 괜찮겠어?"

"그렇고말고."

천장에서 빗방울이 툭 떨어져 소년의 머리에 정통으로 맞았다.

"앗, 차가워."

나는 머리를 흔들어 물을 털어내는 소년을 보며 미소 지었다. 그러자 삐죽 튀어나온 내 앞니가 보였다. 이번에는 후훗 소리 내어 웃었다. 소년도 나를 마주 보며 웃었다. 아무 꾸밈없는 웃음이었다. 옹고집을 찾아 먼 길을 왔다. 결국 가짜 옹고집은 나와 같은 존재가 아니었다. 상관없다. 옹고집을 찾아오길 참 잘했다.

고소설 〈옹고집전〉의 원전에서는 인색한 옹고집이 학 대사의 권유를 무시하고 문전박대하자, 도승이 그를 벌주기 위해 지푸라기로 가짜 옹고집을 만듭니다. 도승은 허수아비에 부적을 붙여 살아 움직이게 만든 뒤 옹고집의 집으로 보내고, 진짜와 가짜 옹고집은 서로 자신이 진짜라고 주장하며 다투지요. 가족조차 구별하지 못한 두 사람은 결국 관가로 가게 되고, 원님 앞에서 가짜 옹고집이 진짜 옹고집보다 더 상세히 족보를 말하자 진짜 옹고집은 곤장을 맞고 집에서 쫓겨납니다.

가짜 옹고집은 그 집에서 부인과 자식까지 두고 살아가고, 진짜 옹고집은 산중을 떠돌며 자신의 인색함을 뉘우치지만 어쩔 도리가 없어 목숨을 끊으려고 합니다. 그때 도승이 나타나 부적을 건네주고, 진짜 옹고집이 집에 돌아가 부적을 던지자 가짜 옹고집과 그의 자식들은 모두 지푸라기 허수아비로 변합니다.

〈옹고집을 찾아서〉는 손톱 먹은 쥐가 사람으로 변신한다는 쥐 둔갑 설화를 〈옹고집전〉에 접목해 새롭게 구성한 이야기입니다. 연구자에 따라서는 쥐 둔갑 설화 같은, 진짜와 가짜를 가리는 진가쟁주(眞假爭主) 설화가 〈옹고집전〉에 영향을 미쳤다고 보기도 하지요.

〈옹고집을 찾아서〉를 읽은 독자들이 진짜와 가짜, 중심과 주변, 인간과 비인간의 경계에 대해 생각해 보게 되기를 바랍니다. 아울러 이 이야기의 주인공처럼, 자신에 대해 고찰해 보는 시간을 가진다면 작가로서는 더할 나위 없이 기쁘겠습니다.

# 범의 머리를 던지면

아아. 집에 가고 싶다.

옆구리에 바구니를 끼고 대문을 나서던 개똥은 멍하니 하늘을 올려다보았다. 메마른 하늘이 꼭 자기 마음 같았다. 대문 안에서 또 뭘 꾸물거리냐는 호통이 날아들었다.

"가요, 간다고요!"

개똥은 악을 쓰며 김 대감의 집을 나섰다. 이곳에 온 지 어느새 일여 년. 그러나 한 번도 이곳은 개똥의 집인 적이 없었다. 개똥은 발끝을 질질 끌며 마을 입구로 향했다. 마을의 수호목 앞, 한 무리의 사람들이 모여 있었다. 개똥은 호기심에 멈춰 서서 까치발을 들고 사람들 사이를 기웃거렸다. 포졸이 나무 앞 돌을 밟고 서서, 손에 든 종이를 사람들에게 내보였다.

"이것이 무엇이냐, 나라에서 내려온 포고문이요! 무어라 쓰여 있는가. 오래간 날이 가물어 나라님께서 각 군에 대책을 명하신 바, 침호두(沈虎頭)를 허가하셨다. 이에 기우제에 쓸 범의 머리를 구하고 있으나 산척들에게 통 연락이 오지 않는 바, 나흘 후까지 범의 머리를 잘라 관에 가져오는 이에게는 큰 포상을 내릴 것이다. 이러하니 다들 내용을 잘 외워 주변에 전하도록 하시오!"

개똥은 포졸이 든 종이를 노려보았다. 까막눈인 개똥에게 꼬부랑 하니 써진 글자는 중요하지 않았다. 중요한 건 방 아래에 찍혀 있는 도장이었다. 저 도장이 찍혀 있단 건 나라의 높으신 분이 포졸이 하는 말을 약조한다는 뜻이라고, 아버지가 가르쳐 주었다. 그렇다는 건, 저 포졸의 말은 한 치의 거짓 없이 진짜라는 거다.

"결국 산군을 잡아넣을 모양이네."

"한 십여 년 전에 양진에서 범의 머리를 강에 넣었더니 당장 비가 쏟아졌다고 하더군. 호랑이는 땅의 왕 아닌가. 그 머리를 잘라 물에 넣으면 물의 왕인 용이 어디 내 구역에 들어오는가 하고 화를 내어 비가 오는 거지."

"제아무리 효과가 확실하다 해도 영물을 함부로 대하면

화를 입지 않으려나?”

“그러니 나라님이 위로하는 것이지. 어쩔 것인가? 정말 이대로 계속 비가 오지 않으면 올해 농사는 고사하고, 사람까지 다 죽게 생겼어.”

‘산군’이라 불리는 호랑이는 사악한 잡귀를 물리쳐 주는 영물이다. 종종 성안까지 내려와 사람을 해침에도 경외할 수밖에 없는 동물. 그런 호랑이의 목을 잘라 강에 던지는 의식은 쉬이 행해지는 것이 아니었다. 그럼에도 나라에서 방까지 붙여 호랑이의 목을 가져오라 하는 건, 그만큼 요 몇 달간 이어진 가뭄이 심각했기 때문이다. 논바닥이 쩍쩍 갈라지고 강물이 얕아져 배가 제대로 다니지 못할 지경이었다. 모여 있던 사람들도 그 말에 저마다 고개를 끄덕거렸다. 개똥은 어른들의 틈새를 이리저리 헤집고 나가, 방을 다 읽고 둘둘 말아 품에 집어넣던 포졸의 소맷자락을 붙잡았다. 포졸이 미간을 찌푸렸지만 아랑곳하지 않았다.

“어르신. 큰 포상이라 하면 어떤 것입니까?”

포졸은 소맷자락을 잡은 것이 어린 여자아이임을 보고는 슬쩍 표정을 풀었다.

“가지고 싶은 거라도 있냐?”

"면천을 원하면 그것도 해 주실까요?"

"어허. 당돌한 아이구나. 왜, 주인이 괴롭히기라도 하더
냐?"

괴롭힐 뿐인가요. 개똥의 입가가 실룩였다. 그 성질 못된
할아버지는요, 아빠랑 잘 살고 있는 나를 갑자기 여기로 데
려왔어요. 나는 분명 누구의 것도 아닌, 그냥 우리 아빠 딸
이었는데 갑자기 내가 자기 거래요. 엄마가 노비였으니 나
도 노비가 되어야 한대요. 그게 말이 돼요? 나라님이 그런
명령을 내려서 그리된 거라니까, 나라님이 그 명령을 거두
어 주면 나는 다시 아빠랑 살 수 있어요. 포상으로 그리 해
달라고 하면, 해 줄까요?

삼월 아줌마가 뒤에서 손으로 입을 막지만 않았으면, 개
똥은 주저 없이 그리 물었을 것이다. 삼월 아줌마는 개똥의
입을 막은 채 끌어당겨 품 안에 가두듯이 안았다.

"아이고. 이게 어려서 철이 없어 이렇습니다. 어디 나랏
일 하시는 분들 소매를 막 잡아끌고! 쇤네가 잘 가르칠 테
니 이번 한 번 봐주십시오."

삼월 아줌마는 포졸에게 연거푸 고개를 조아리더니, 개
똥을 사람들 밖으로 떠밀었다.

"얼른 가라. 대감님이 약초 캐 오라 하지 않았어?"

개똥은 어쩔 수 없이 다시 걸음을 옮겼다. 마을 입구에서 산으로 이어지는 가파른 기슭을 오르는 개똥의 뒤에서, 마을 사람들이 혀를 찼다.

"여기 와서 사계절을 다 겪었어도 포기를 못 하는구먼."

"자네 같으면 하겠나? 양인으로 살다가 갑자기 노비가 되었는데."

"김 대감 박한 게 어제오늘 일인가. 꽃분이, 개똥이 저거 어미 말이야. 그게 양인과 혼인할 때부터 영 못마땅해하지 않았나. 처음엔 따라 나가 살게 해 주겠다고 했다가 부득부득 도로 끌고 와서 어린아이 젖도 못 물리게 했지. 꽃분이 죽은 것도, 아기가 그리워 울다 그리된 거 아닌가."

"쉿. 입단속 잘해. 김 대감 귀에 들어가면 경을 칠라."

"꽃분이가 그믐날에만 혼인했어도 저리 되지는 않았을 텐데."

그믐날에만 혼인했어도.

개똥은 산길을 걸으며 그 말을 곱씹었다. 아빠도 관청을 나오며 몇 번이고 그렇게 중얼거렸다.

일 년 전이었다. 갑자기 관에서 사람이 찾아온 것은.

그때 개똥은 이 마을이 아닌, 산 하나 건너 멀리 떨어진 작은 마을에 살았다. 김 대감 집처럼 으리으리한 기와집도 없고 현청도 코딱지만 한, 그런 작은 마을이었다. 그런 마을에 갑자기 포졸이 찾아오니 모두 놀랄 수밖에. 마을 사람들이 모두 개똥이네 집에 몰려와 무슨 일인지 기웃거렸다. 포졸은 아빠에게 김 대감이 송사를 걸었으니 같이 관아에 가야 한다고 했다. 법이 바뀌어서 개똥이가 엄마의 신분을 따라 노비가 되어야 한다는 거였다.

개똥은 어리둥절했다. 그때까지 개똥은 엄마인 꽃분이 노비라는 것을 몰랐다. 어릴 적, 아빠에게 "나는 왜 엄마가 없어? 엄마는 어디 갔어?"라고 물어 본 적은 있다. 아빠는 "엄마는 선녀라서 너를 낳고 하늘로 돌아갔어. 그래서 네 이름을 개똥으로 지은 거란다. 너까지 하늘로 돌아갈까 봐. 어릴 때 이름을 천하게 지으면 액을 막아 준다 하더라고. 어른이 되어 시집갈 때가 되면 예쁜 이름으로 다시 짓자"라고 답했다. 개똥은 엄마가 보고 싶을 때면 하늘을 올려다보며 선녀였던 엄마가 얼마나 예뻤을지 상상하곤 했다.

그런데 엄마가 노비라니. 아빠의 손을 꼭 붙잡고 관아에 가는 내내 이게 무슨 일인가 싶었다. 아빠는 그제야 엄마에 대해 알려주었다. 개똥의 엄마는 산 너머 큰 마을에 사는 김 대감 집의 노비였다. 양인인 아빠와 결혼했고, 두 사람은 그 마을에서 함께 살려고 했다. 하지만 엄마가 개똥이를 낳자마자 김 대감이 쳐들어와 엄마를 데려가 버렸다. 아빠는 매일 개똥을 업고 김 대감 집을 찾아가 엄마와 함께 살게 해 달라고 애걸복걸했지만, 김 대감은 개똥이마저 빼앗기기 싫으면 얼씬하지 말라고 엄포를 놓았다. 결국 아빠는 원래 살던 마을로 돌아와 혼자 개똥을 길렀다.

"엄마가 노비면, 나도 노비야?"

개똥이 묻자, 아빠는 펄쩍 뛰었다.

"아니야. 혼인 때 마을에서 제일 유식한 양반에게 물어봤어. 노비종부법이라고, 양인과 노비 사이에서 태어난 아이는 아버지 쪽 신분을 따른다고 했어. 개똥이는 내 딸이니깐, 양인이지."

"그런데 왜 포졸 아저씨는 나보고 노비래?"

"뭔가 착오가 있을 거야."

"착오?"

"포졸 아저씨가 뭘 잘못 안 거라고."

그 말에 마음이 놓였다.

하지만 착오가 아니었다.

관에 가니 현령이 아빠에게 혼인은 언제 하였으며 개똥은 언제 태어났는지 등을 꼬치꼬치 물었다. 그러더니 아빠와 엄마가 선덕 7년 6월, 그믐날 다음 날에 혼인했기에 김 대감의 말대로 개똥은 노비가 되어야 한다고 했다. 조정에서 법을 만드는 높으신 분들이, 그해 6월 그믐날 이전에 양인과 결혼한 여종의 자녀만을 양인으로 인정하기로 했단 거였다. 개똥의 아빠는 그런 법이 어디 있냐고, 열다섯 해를 양인으로 살았는데 죄도 짓지 않은 아이가 어떻게 갑자기 노비가 되냐고 따졌다. 관에서 말을 들어주지 않자, 징을 치며 난동을 부리기도 했다. 포졸이 아빠를 끌고 가 곤장을 쳤고, 개똥은 김 대감이 보낸 사람에게 붙잡혀 마을을 떠났다. 아빠는 곤장을 맞아 엉덩이가 다 터져 제대로 걷지도 못하면서, 절룩거리며 뛰어나와 개똥을 부르며 울었다. 개똥아. 내 딸아. 내 딸인데, 왜 아를 데리고 가시오. 아빠의 울음소리가 귓가에 쟁쟁하게 되살아나 울렸다. 개똥은 신경질적으로 다래나무 가지를 하나 뚝 꺾어, 다래 순을 입에 넣고 질겅질겅 씹었다. 쌉싸름하니 매콤한 맛이 입안에 퍼지면서 침이 고였다. 모인 침을 머금고 있다가 퉤퉤 땅에 뱉었다. 이제부터 산에 들어간다고 산신에게 알리는 것이다. 이걸 가르쳐 준 것도 아빠였다.

'호랑이 머리를 찾으면 다시 아빠와 살 수 있을 거야.'

개똥은 나뭇가지에 달린 다래 순을 계속 뜯어 질겅거리며 점점 더 산속 깊숙이 들어갔다. 어떻게 하면 호랑이를 잡을 수 있을까 궁리하느라 약초는 눈에 들어오지도 않았다. 빈 바구니로 돌아가면 김 대감은 또 불같이 화를 낼 거다. 감자 한 알도 얻어먹지 못할 테지. 게다가 호랑이를 어떻게 잡는단 말인가. 건장한 성인 남자 열댓 명이 활을 들고 덤벼도 잡지 못하는 게 호랑이라고 했다. 호랑이와 마주치는 것은 천재지변이며 살아 도망치는 것은 천운이라고. 그러니 개똥이 같은 어린아이가 호랑이를 찾아도 잡을 수 있을 리가 없다. 그러니 쓸데없는 생각 말고 약초나 캐야 한다고 마음을 다잡았지만 좀처럼 미련을 떨칠 수가 없었다.

산신령님이 나와서 여기 호랑이 머리가 있으니 가져가라고 건네주면 얼마나 좋을까.

개똥이 하나 남은 다래 순을 뜯어 입에 넣고, 가지를 바닥에 휙 던졌을 때였다. 갑자기 세찬 바람이 불어 가지를 저 멀리 날려 버렸다. 흙먼지가 일어나고 바닥의 풀이 드러 누웠다. 몸을 낮게 숙여도 바람의 위세를 견딜 수가 없었 다. 자칫하면 나뭇가지처럼 날아가게 생겼다. 개똥은 굵은 나무를 꽉 껴안고 바람을 버텼다. 흙먼지에 제대로 눈을 뜰 수 없었다.

텅. 무거운 소리와 함께 하늘에서 무언가 떨어져 땅에 꽂 혔다.

동시에 바람이 멈췄다. 개똥은 나무를 붙잡은 채 떨어진 것을 봤다. 커다란 항아리였다. 뚜껑이 숲속 나무들만큼 높 이 있었고 사람 한두 명쯤 거뜬히 들어갈 만큼 커다랬다. 이제껏 본 적 없는 크기에 놀란 개똥은 홀린 듯이 항아리 쪽으로 다가갔다.

"이거 뭐 이리 커? 안에 뭐가 있는 거야."

개똥은 항아리를 이리저리 살피다가 챙겨 온 호미로 항 아리를 조심스럽게 두드렸다. 탕. 탕. 소리마저 둔탁했다. 좀 더 세게 두드렸다. 좀 더 세게, 좀 더 세게……. 북을 치 듯 한참을 두드리자 항아리 뚜껑이 벌컥 열렸다.

"그만! 이러다가 우주선 망가지겠어!"

항아리 뚜껑이 열리더니 누군가 땅으로 내려왔다. 사다

리도 뭣도 없이, 허공에 붕 떠서 아래로 내려오는 인물을 본 개똥은 겁에 질려 뒷걸음질쳤다. 저것이 이야기로만 듣던 도깨비인가 싶었다. 그러나 땅에 내려선 인물은 개똥이 또래로 보이는 아이였다. 심지어 개똥이보다 키도 작았다. 눈이 얼굴의 절반을 차지할 만큼 커다래서 이상하게 생겼네, 싶었지만 그다지 겁이 나지는 않았다. 개똥은 아이를 마주 보고 섰다.

"난 알라바기온 행성에서 온 다케데리온 메라베이스 하나우두 3세야."

"……뭐? 알랑방귀?"

"알라바기온! 보자, 시뮬레이션이 뽑아낸 결과를 보면…… 맞네, 맞게 왔어. 너 개똥이 맞지? 갑자기 터뷸런스에 휩싸여서 잘못 착륙했으면 어쩌나 했어."

"너, 내 이름을 어떻게 알아?"

"네가 아니라 다케데리온 메라베이스 하나우두 3세."

이제까지 한 번도 들어본 적 없는 희한한 이름이었다. 저 명나라나 더 먼 곳에서 온 것인가 싶었다. 항아리를 타고 다니는 나라도 있나? 하긴, 어른들이 명나라는 모래만 가득한 드넓은 사막과 온갖 희귀한 식물이 가득한 길고 긴 숲이 함께 있을 만큼 엄청나게 큰 나라라고 했다. 그러니 항아리 타고 다니는 사람이 있을 만도 하다. 외국에서 왔다 하면 바지도 아니고 치마도 아닌, 꼭 포대기를 뒤집어쓴 것 같은 저 이상한 옷차림이나 알아듣기 힘든 이름도 이해가 간다. 아무리 그래도 알아듣지도 못한 이름으로 상대를 부를 순 없었다.

"그냥 왕눈이 해라. 넌 지금부터 왕눈이야."

"마음대로 불러. 지금부터 같이 동생을 찾아야 하니깐, 네가 부르기 쉬운 게 좋겠지."

"뭘 찾아?"

"내 동생. 시뮬레이션을 돌렸더니 네가 내 동생을 찾는 적임자라는 결과가 나왔거든. 서두르자! 시간이 없어."

대체 무슨 소리를 하는 건가. 개똥이 눈만 깜빡거리며 아무 반응을 하지 않자, 왕눈은 답답한 듯이 가슴을 쳤다. 그러더니 품 안에서 종이를 꺼내 내밀었다.

"봐! 이게 시뮬레이션으로 뽑아낸 지도야. 이 시기의 테라에서는 아직 종이 지도를 쓴다기에 일부러 너한테 맞춰서 뽑아왔어. 여기, 이 근처에 동생이 있을 거야. 왜인지 너하고 같이 가면 찾을 확률이 167%로 확 뛰어. 그러니깐 같이 가 줘."

개똥은 지도를 받아들었다. 지도란 것이 있다는 소문은 들었지만 실제로 보는 건 처음이었다. 지도란 어느 곳을 치면 전쟁에서 이기는지 훤히 보여 주기에 오랑캐의 손에 들어가면 큰일이 난다고 했다. 그래서 지도를 만드는 것도, 가지는 것도 모두 신분이 높은 사람만 가능하다고 들었다. 그런 지도를 가지고 있다는 건, 왕눈이 혹시 명나라 벼슬아치의 자제인 건 아닐까. 개똥은 지도를 이리저리 돌려 보았다.

"부모님이 일하는 동안에 내가 동생을 돌봐야 한단 말이야. 동생이 울음을 그치지 않기에, 장난감 우주선에 태웠거든. 그러다가 발사 버튼을 눌렀는데……. 그게 장난감이 아니라 진짜 우주선이었어. 부모님이 돌아오기 전에 동생을 찾아야만 해."

한마디로 실수로 동생을 잃어버려서, 혼나기 전에 찾아야 한다는 거군. 개똥은 재빨리 머리를 굴렸다. 명나라 높은 분의 자제를 도와주면, 무언가 보답을 받을 수 있지 않을까. 호랑이를 잡는 건 무리여도, 이거라면 가능성이 있다.

"좋았어. 내가 같이 가 줄게."

개똥은 호기롭게 외쳤다.

* * *

　구불구불한 산길은 점점 더 험해졌다. 그래도 아빠를 따라 곧잘 나무에 약초를 캐러 갔던 개똥에겐 식은 죽 먹기였다. 개똥은 나뭇가지를 꺾어 만든 지팡이로 수풀을 헤쳐 길을 만들곤 뒤돌아봤다. 저만치 떨어진 곳에 왕눈이 헉헉거리며 가쁜 숨을 몰아쉬며 서 있었다.

　"야! 빨리 좀 와. 지도 볼 줄 아는 건 너잖아. 네가 앞장서야지."

　재촉해도 왕눈의 걸음은 좀처럼 빨라지지 않았다.

　"아이고, 힘들어. 우리 행성에는 이런 산 같은 게 없단 말이야."

　"거짓말 마. 산이 없는 나라가 어디 있어?"

　"진짜야. 우리 행성은 모든 게 비정형이란 말이야. 고정된 형체가 없어. 모든 게 평평하고 부드럽지. 사람들도 그렇고. 그래서 우리 행성 사람들이 제일 많이 하는 일이 대행성 백과사전을 만드는 일이야. 비정형이라 상대의 특성과 모습을 완벽하게 복사할 수 있거든. 아빠랑 엄마도 엄청 많은 행성을 돌아다녀."

"무슨 소리인지 잘 모르겠지만, 너희 부모님이 여러 나라를 다닌다는 거지?"

역시 사신이다. 나라 국경을 마구 넘어 다니는 사람이 사신 말고 누가 있겠는가. 개똥은 찌푸린 미간을 폈다. 왕눈을 잘 대해 줘야 나중에 포상을 달라고 할 때 좀 더 뻔뻔해질 수 있다.

돈이나 옷감, 그런 건 다 필요 없으니깐 아빠랑 살게 해 달라고 해야지. 그렇지만 혹여, 그건 나라님이 정한 일이라 다른 나라 사람이 바꿀 수 없다고 하면 아빠한테 돈이랑 옷감을 보내 달라고 하는 거야. 아빠가 일 년은 일을 하지 않아도 먹고 놀 만큼. 그럼 아빠는 분명 나를 보러 올 거야.

개똥은 간신히 옆에 와 선 왕눈에게 어색한 미소를 지어 보였다. 그때였다. 빼곡한 나무의 틈, 숲 안쪽에서 바스락 풀 밟는 소리가 났다. 토끼 같은 작은 동물의 가벼운 발소리가 아닌, 묵직한 발소리였다. 개똥은 조심스럽게 소리가 난 쪽을 봤다. 도적일까, 아니면 곰? 산에서 마주할 수 있는 온갖 위험이 머릿속에 떠올랐다. 개똥은 뒤로 물러서며, 왕눈에게 오라고 눈짓했다. 개똥의 몸짓에 덩달아 겁을 먹은 왕눈이 개똥에게 바짝 붙어 섰다. 점점 발소리가 가까워지고, 나무 틈 사이로 시꺼먼 형체가 어른거렸다. 개똥은 숨쉬는 것도 잊어버리고 호미를 꽉 움켜쥐었다.

"개똥이 아니냐? 왜 이렇게 깊이 들어왔어?"

참았던 숨이 터져 나왔다. 숲 안에서 나타난 건 개똥이 익히 아는 사람, 슭이었다. 마을에서 얼치기 사냥꾼으로 유명한 남자다. 산기슭 천막에서 살기에 '슭'이라 불렀다. 슭은 가끔 사냥한 것을 마을로 팔러 올 때마다, 간혹 개똥에게 구운 참새나 짚신 엮은 것을 가져다주곤 했다. 김 대감은 슭을 못마땅하게 여겨 집 근처에 얼씬하지 못하게 했으나, 개똥은 슭이 좋았다. 슭은 개똥을 볼 때마다 "어린 것을 부모와 함께 살지도 못하게 하는 이놈의 세상, 때려 부수어야지"라고 투덜거렸는데 그것이 썩 자기 마음을 대변해 주어서였다. 개똥은 슭의 옆에 쪼그려 앉아 참새구이를 뜯어 먹으며 슭의 이야기를 들었다. 슭이 어떻게 해서 천막에서 살게 되었는가에 대한 이야기였다.

십여 년 전, 한 여인이 등에 칼을 맞은 채 아이를 품에 안고 마을 입구에 쓰러진 것을 떠돌이 사냥꾼이 발견했다. 여인은 금세 숨을 거두었고 사냥꾼은 아이를 거두어 길렀다. 어린아이를 데리고 떠돌이 생활을 할 수가 없어 마을 언저리에 천막을 지었다. 마을 언저리에 날 것 잡아 죽이는 사냥꾼이 자리 잡으면 부정 탄다고 싫어하는 사람도 있었으나 사냥꾼은 꿋꿋이 버텼다. 그는 밤마다 늙에게 "네 어미가 무슨 일 당했는지 모르나 어린 너만은 지키겠다는 듯 품에 꼭 안고 있었다. 넌 사랑받은 거야"라고 말했다. 그래서 늙은 어머니를 기억하지 못했으나 누구보다 어머니를 그리워하며 자랐다. 사냥꾼이 사고로 세상을 떠난 후에도 늙은 천막을 떠나지 않고 그곳에서 혼자 지냈다. "떠나지, 왜 안 떠나?" 개똥이 묻자 늙은 "갈 곳이 없어. 어디 뭐, 좋은 집이라도 있으면 모를까." "나는 떠날 수 있으면 당장 떠날 거야. 아빠한테 갈 거야." 그러자 늙은 개똥이 부럽다고 했다. 돌아갈 곳이 있다는 건 희망이 있단 거라고. 개똥은 희망, 이라고 늙의 말을 따라서 중얼거렸다.

"뭐야. 늙 오라버니구나. 곰인 줄 알았어."

개똥은 다리에 힘이 풀려 제자리에 주저앉았다.

"이 애는 누구냐? 처음 보는데."

바로 앞에 다가온 늙이, 의아한 듯 왕눈을 살폈다. 왕눈은 개똥에게 좀 더 바짝 붙어 서며 몸을 움츠렸다.

"내 친구야. 다른 나라에서 왔대."

"명나라? 그런 곳에서 온 애를 데리고 왜 산을 헤매?"

"산속에서 동생을 잃어버렸대. 늙은?"

"호랑이 잡으러 왔지."

개똥이 알기에 늙은 호랑이를 잡을 정도로 실력 있는 사냥꾼이 아니었다. 활도 잘 못 쏘고 곤봉 쓰는 솜씨도 그저 그래서, 사냥보다는 짚신 엮어 파는 것으로 먹고 살았다. 그런데 호랑이라니. 오히려 사냥당할 것 같은데. 개똥의 염려를 아는지 모르는지, 늙은 의기양양하게 등에 진 따비를 내보였다.

"사부가 꽤 쓸만한 덫을 가지고 있었거든. 이걸로 함정 파서 잡을 거야. 너도 포졸이 돌아다니면서 방 읽는 거 들었지? 범의 머리만 손에 넣으면 포상을 준다잖아. 호랑이를 잡아 받치고, 착호갑사에 들어가게 해 달라고 청할 거야."

"착호갑사?"

"호랑이 잡는 군대야. 일 년에 열 마리 이상 잡으면 벼슬도 주고, 면포도 주고, 쌀도 준대. 잡은 호랑이도 동료끼리 나누어 가지고 가죽만 팔아도 집 한 채는 거뜬히 짓는다더

라. 죽을 위험을 함께 넘기기 때문에 동료끼리 가족처럼 아주 우애가 돈독하고 서로를 챙겨 준다고 하더라."

사람들이 사냥꾼이라 하면 날 것 잡아 피비린내 나는 천것이라 여기지만, 착호갑사는 사람을 호랑이에서 구하는 영웅 취급을 해 준다느니, 그곳에 들어가려면 저 멀리서도 화살을 호랑이 이마 한가운데 명중시킬 정도로 실력자여야 한다느니 하면서 늙은 열기 띤 목소리로 착호갑사에 들어가면 얼마나 좋은지를 줄줄 읊었다.

개똥은 늙의 열기가 싫었다. 아궁이에 끓는 밥도 열기가 지나치면 타서 못 먹기 마련이다. 그렇다고 들뜬 늙의 열의에 찬물을 끼얹고 싶지도 않아, 그저 고개만 주억거렸다. 늙은 품 안에서 감자 두 알을 꺼냈다.

"친구랑 먹으면서 가라. 더 깊이 들어갈 거면 내가 파 놓은 함정 조심해. 함정에 갈색 이끼를 덮어 놓았으니, 봐서 이상하다 싶으면 밟지 마."

개똥은 감자를 건네받았다. 감자를 건네는 늙의 손은 여전히 거칠고 따뜻했다.

"알았어. 오라버니도 조심해."

"오냐."

늙은 개똥의 머리를 가볍게 쓰다듬고는 다시 나무 사이를 가로질러 숲 안쪽으로 사라졌다. 개똥은 손에 쥔 감자를 내려다보다, 하나를 왕눈에게 건넸다.

"이게 뭐야?"

"뭐긴. 감자지. 왜, 너네 나라에서는 감자도 안 먹는다 하려고?"

"잘 아네. 아, 하지만 아빠가 행성 탐험 갔다가 가져온 것 중에 비슷한 걸 먹은 적이 있어. 이것보다는 좀 더 길고 갈색인 거. 아빠가 그러더라. 행성인들 중에는 구강 섭취를 통해 에너지를 얻는 종족이 있다고. 너네도 그런 모양이구나."

"뭐라는 거야. 그럼 안 먹고 사는 사람도 있니?"

개똥과 왕눈은 다시 걸음을 옮겼다. 왕눈은 수다쟁이였다. 산길에 어느 정도 익숙해지자 숨을 몰아쉬면서도 재잘재잘 계속 떠들었다. 우주선을 빌리려고 그동안 모아놓은 돈을 탈탈 털었다느니, 친구들은 다 자기 우주선을 가지고 있는데 아빠는 좀처럼 허락해 주지를 않는다느니, 어른이 되면 행성 탐험가가 되어서 온 우주를 다닐 테니 조금이라도 빨리 운전을 익히는 게 좋을 텐데 불만이라느니. 개똥이

도통 이해할 수 없는 이야기뿐이었다. 개똥은 건성으로 고개를 끄덕거렸다.

산기슭 하나를 넘자, 왕눈은 개똥에게 질문을 퍼붓기 시작했다. 몇 살이냐, 열다섯 살? 생각보다 어리네. 나는 열일곱 살인데. 이 나라에서는 몇 살부터 성인으로 보냐. 이 행성은 나라가 여러 개 있던데, 넌 그중 몇 군데나 가 봤냐 등등. 개똥은 대충 대답하며 계속 걸었다.

구불텅, 구불텅. 산길은 점점 더 험해졌다. 짙은 안개가 발목 아래에 깔리기 시작했고, 인기척이 드문 숲에서 나는 축축한 흙냄새가 점점 진해졌다. 개똥의 걸음도 점점 느려졌다. 결국 두 사람은 잠깐 쉬었다 가기로 하고, 나무 아래에 자리 잡고 앉았다. 개똥은 호미로 나무껍질을 벗겨내 왕눈에게 건넸다.

"입안에 넣고 씹다가 뱉어. 목마르잖아. 배고픔도 좀 사라질 거야."

왕눈은 나무껍질을 우물우물 씹다가, 개똥이 시킨 대로 퉤 뱉었다.

"넌 이런 거 아주 잘 아는구나. 혹시 너희 부모님도 탐험가야?"

"탐험가가 뭔지 몰라도, 우리 아빠가 약초 하나는 진짜 잘 알아."

개똥도 나무껍질을 씹다 뱉었다. 아빠에 관한 이야기를 남에게 하는 건, 이 마을에 온 후 처음이었다. 김 대감의 눈치가 보이기도 했거니와, 마을 사람들 전부 개똥의 사연을 알다 보니 더 씩씩한 척했기 때문이다. 그렇지만 왕눈은 이 마을 사람도 아니고, 김 대감에게 달려가서 이를 사람도 없었다. 개똥은 머뭇거리다가 아빠와 헤어진 날의 이야기까지 했다. 이곳에 온 후 계속 답답했던 속이 조금은 시원해진 듯했다.

"그건 유괴잖아. 범죄라고! 용서받을 수 없는 일이야!"

왕눈이 화난 듯 목소리를 높였다.

"너희 나라 양반들은 노비를 좀 달리 대하니?"

명나라는 땅이 넓으니 김 대감처럼 성질 고약하지 않은 양반도 있으리라. 어쩌면 노비든 양인이든 가족은 다 같이 모여 살아야 한다고 정해진 곳이 있을지도 모른다. 그럼 아빠와 함께 거기로 도망가서 사는 건 어떨까. 개똥은 은근한 기대를 품고 왕눈의 대답을 기다렸다.

"양반? 노비? 우리 행성엔 그런 게 없어. 그렇구나. 책에서 읽었어. 일부 행성은 그런 이상한 제도가 있다고."

아무래도 왕눈, 이 애는 좀 거짓부렁을 치는 버릇이 있는 것 같다. 개똥은 그렇게 생각했다. 명나라에도 임금이 있고, 벼슬아치가 있는 걸 뻔히 아는데 양반과 노비가 없다니. 혹시 내가 배운 게 없어 보여 놀리는 것인가. 개똥은 입가를 삐죽거렸다.

"그런데 네가 말한 호랑이란 건 어떻게 생겼어?"

"몰라. 나도 직접 본 적은 없어. 지금 네가 호랑이 궁금해할 때니? 그러는 네 동생은 어떻게 생겼는데? 얼굴을 알아야 찾지."

개똥이 뾰족하게 답하자, 왕눈은 머리를 긁적거렸다.

"그러니깐 우린 비정형이래도. 지금 내 모습도, 이 행성 사람하고 비슷한 모습으로 변신한 거야. 동생은 아직 어려서 변신을 잘 못해. 제일 안 좋은 건 잘못 변신했다가 이 행성의 무언가와 완전히 동화되는 거야. 그럼 불러도 대답도 하지 않을 테니, 진짜 찾기 힘들어."

"또, 또 허황된 소리만 한다! 애, 너 내가 우습니? 무슨 도깨비도 아니고 변신을 하니 어쩌니 하는 걸 믿을 것 같아?"

결국 개똥은 짜증을 냈다.

"허황되다니! 너야말로 왜 내 말을 안 믿어? 있어 봐. 내가 당장⋯⋯."

분연히 자리에서 일어난 왕눈이 멈칫했다. 냐아아아아아. 짙은 안개를 뚫고 날카로운 울음소리가 울려 퍼졌다. 김 대감의 고무신에 맞아 울던 떠돌이 고양이가 딱 저렇게 울었다. 개똥이 꽁무니가 빠져라 달아나던 가엾은 고양이를 떠올리는데, 왕눈이 벌떡 일어나더니 달려 나갔다.

"야, 어딜 가!"

개똥은 깜짝 놀라 왕눈을 뒤쫓았다.

"도와달라고 하잖아!"

"뭐? 누가?"

"방금 울음소리! 못 들었어?"

"설마 고작 고양이 울음 때문에 이러는 거야? 산길에서 뛰는 게 얼마나 위험한데!"

다시 한번, 고양이 울음소리가 날카롭게 들렸다. 왕눈은 뛰는 걸 멈추고 서서 주변을 두리번거렸다.

"고작이라니. 저렇게 절박하게 도와달라는 말을 듣고 어떻게 그런 말을 해?"

왕눈의 어이없다는 듯한 질책이, 개똥은 더 어이없었다.

"지금 너, 고양이 말을 알아듣기라도 했다는 거야?"

"당연히 알아듣지. 넌 못 알아들어?"

"야!"

참다 못한 개똥이 버럭 소리를 질렀다.

"말도 안 되는 이야기, 재미있는 척 들어주는 것도 한두 번이지! 그게 말이 되니? 고양이 말을 알아듣는다는 게? 너 나를 바보 취급하는 거지?"

"뭐? 아냐! 맙소사. 이 행성 사람들은 객체끼리 언어도 안 통해? 그럼 너도 이걸 껴."

왕눈이 손을 내젓더니 자기 귀 안에서 무언가를 꺼냈다. 귀 안에 들어갈 만큼 작고 동그란 구슬이었다. 개똥은 그걸 본체만체, 계속 왕눈을 노려보았다. 왕눈이 사과도 하지 않고 계속 뻔뻔하게 구는 게 화가 났다. 어쩌면 동생을 잃어버렸다는 것도 거짓말은 아닐까. 그냥 못 배운 다른 나라 여자애를 놀리려고 한 게 아닐까. 속이 부글부글 끓었다.

"됐어. 동생을 찾든 말든, 너 혼자 알아서 해!"

개똥은 팩, 왕눈에게서 뒤돌아섰다.

"야, 한 번만 껴 보라니깐!"

왕눈이 다급하게 개똥의 손을 붙잡았다. 개똥이 왕눈의

손을 뿌리치려는 순간, 몸이 중심을 잃었다. 비스듬한 산길의 경사면 탓에 무언가를 붙잡을 새도 없이 발이 미끄러졌다. 개똥과 왕눈은 서로를 붙잡은 채 산길을 굴렀다. 날카로운 나뭇가지가 얼굴을 긁고, 작은 돌멩이들이 등과 어깨를 할퀴었다. 개똥이 할 수 있는 건 되도록 몸을 작게 웅크리는 것뿐이었다.

얼마나 굴렀을까. 커다란 나무 밑동에 몸이 부딪혔다. 저절로 곡소리가 나게 아팠지만, 덕분에 구르기는 멈췄다. 개똥은 허리를 부여잡고 아야야, 신음을 흘리며 몸을 일으켰다. 어디까지 굴러온 것인지 안개가 더욱 짙어져 있었다.

"너 괜찮니?"

개똥이 왕눈을 부축하는데 또다시 날카로운 울음소리가 울려 퍼졌다. 이전보다 훨씬 길고 긴, 소름 돋는 울음소리였다. 머리카락이 쭈뼛 섰다. 짐승이 저렇게나 울 일이 무엇이 있단 말인가. 혹시 산에 큰 재난이라도 몰려오는 것은 아닌가. 개똥은 왕눈의 손안에서 구슬을 빼내어 자기 귀 안에 집어넣었다. 거짓말이든 아니든, 저 끔찍한 울음소리의 정체를 알 가능성이 조금이라도 있다면 무엇이든 할 수 있을 것만 같았다. 구슬은 귀 안에 들어가자마자 피부에 착

달라붙었다. 그러자 고양이 울음소리가, 도와달라는 어린 아이의 비명으로 바뀌어 들렸다. 개똥은 깜짝 놀라 엉거주춤, 몸을 일으켰다.

"봐. 거짓말 아니래도."

"이게, 대체 무슨……."

"보급형 번역기라 행성의 다수를 차지하는 종의 언어만 번역해. 보자, 이 행성에선 포유류네. 진짜 성능 좋은 건 모든 생물의 언어가 번역돼. 이 풀이나 나무 같은 것의 말도 들을 수 있어. 그것 말고도 신기한 게 많거든? 예를 들면 내가 가진 이 구름 캡슐. 이건 임시로 비를 내리게 할 수 있……. 어, 이것 봐! 지도에서 빛이 나. 동생이 이 근처에 있단 거야!"

왕눈이 품 안에서 지도를 꺼내 펼치자, 지도의 한 부분이 밝게 빛났다. 왕눈이 지도를 양손으로 들고 이리저리 위치를 옮겼다. 어느 한 방향에 닿자, 지도의 빛이 앞으로 길게 뻗어나가며 안개 속에 길을 만들었다. 개똥의 입이 가볍게 벌어졌다. 지도란 저렇게까지 신기한 물건인가. 과연 높으신 분들만 가질 만하다 싶었다.

"저쪽이야. 저기에 동생이 있어."

왕눈이 빛의 길을 손으로 가리킬 때였다. 또 한 번, 절박한 비명이 울렸다. 안개를 걷어낸 빛 덕분에 이전보다 좀 더 소리가 들리는 방향을 파악할 수 있었다. 소리는 왕눈이 가리키는 곳에서 들려왔다. 개똥과 왕눈은 서로를 잠시 마주 보다가, 누가 먼저라 할 것 없이 빛의 길로 뛰어들었다.

구슬픈 어린아이의 울음소리.

개똥은 그 비명이 아빠의 것과 닮았다고 생각했다. 내 딸을 돌려달라고 울부짖던, 사람의 것 같지 않던 처절한 울음. 지면을 박차는 개똥의 발에 힘이 들어갔다. 빛이 끝나는 지점, 안개 안에서 너울너울 누군가의 뒷모습이 보였다. 어깨에 짐을 진 모습이 낯익었다.

늙이었다.

＊　＊　＊

마주 선 늙과 눈이 마주쳤을 때, 개똥은 한 발 뒤로 물러섰다. 자기가 알던 늙이 아닌 것만 같았다. 아빠의 옆에 선 자기를 보던 김 대감의 눈빛이 꼭 저랬다. 사람을 사람이 아닌, 탐나는 물건인 듯 바라보는 시선이 얼마나 소름 끼

쳤던가. 그런 개똥의 심정엔 아랑곳없이, 늙은 들뜬 기색을
감추지 않았다.

"개똥아, 봐. 여기! 걸렸어. 함정에 호랑이가 걸렸어!"

늙은 흥분한 듯 마구 손짓을 했다. 개똥은 낯설게 느껴지
는 늙의 곁으로 가고 싶지 않았지만, 갈 수밖에 없었다. 도
와달라는 울음소리가 늙의 발아래 함정에서 터져 나오고
있었기 때문이었다. 개똥과 왕눈은 함정 쪽으로 다가가, 허
리를 굽혀 안을 살폈다.

"……호랑이다."

아름답다. 저것이 산군. 산을 지키는 신.

개똥은 홀린 듯 함정에 둥글게 몸을 말고 엎드린 호랑이
를 봤다. 가을날 밀밭처럼 윤기가 흐르는 황금빛 털의 한가
운데를 따라 새겨진 검은 줄무늬. 그것은 꼭 땅을 가로지르
는 생명줄처럼 보였다. 크기는 또 어찌나 큰지, 개똥이쯤은
한입에 삼켜버릴 것만 같았다. 호랑이가 으르렁 낮게 목을
울리며 뾰족한 송곳니를 드러냈다. 금방이라도 함정 밖으
로 뛰어올라 목덜미를 물어뜯을 것만 같아, 개똥은 슬그머
니 목덜미를 감싸 쥐었다.

"겁먹지 마. 함정에 박아 놓은 작살이 등에 박혔어. 뛰어

오르지 못해.”

늙은 의기양양하게 말하며, 바닥에 놓아둔 창을 집어 들었다.

“잠깐만. 그걸로 뭘 어쩌려고?”

“뭘 어쩌긴. 이걸로 숨통을 끊어야지. 도끼를 가져올 걸 그랬나.”

늙이 함정 가까이 서서 호랑이를 향해 창을 겨누었다.

“안 돼!”

개똥은 저도 모르게 몸을 날려, 늙의 앞을 막아섰다.

“왜 그래? 비켜!”

“그건, 그거는…….”

호랑이가 살려달라고 하고 있다고 말할 순 없었다. 개똥도 왕눈이 그렇게 말했을 때 믿지 않았으니깐. 그렇다고 늙이 호랑이를 죽이게 놔둘 수도 없었다. 늙과 대치한 순간에도 우는 소리가 이어졌다. 어린아이 우는 소리. 아빠의 울음을 닮은 소리. 아니다. 이것은…….

이것은 오히려 꾹 참고 마음으로만 울었던 개똥의 울음과 같았다.

“어른들이 그랬잖아! 호랑이는 산신이라고. 함부로 건드

리면 동티가 난다고. 사냥할 때도 마음으로 예의를 갖추고 대해야 한다고 했어. 개인의 욕심으로 해쳐선 안 돼. 목숨과 목숨이 부딪힐 때, 혹은 대의를 위해 사냥해야만 한다고 그랬잖아.”

“기우제를 위한 거잖아. 그만한 대의가 어디 있어? 비켜!”

늙이 거칠게 개똥을 옆으로 밀었다. 개똥이 버티려 해도 소용없었다. 늙보다 머리 하나는 작은 개똥은, 힘으로 도저히 늙을 이길 수 없었다. 결국 개똥은 땅에 나동그라졌다. 늙이 창을 들어 함정 안을 겨눴다.

“안 된다니깐!”

이러다간 정말 늙이 호랑이를 죽이고 말 거다. 어디에 간 건지, 분명히 함께 달려왔는데 사라져 버린 왕눈이 원망스러웠다. 왕눈도 늙보다 덩치가 작지만, 둘이 함께 덤비면 이렇게 힘없이 지지는 않을 텐데. 하지만 왕눈을 기다릴 여유는 없었다. 개똥은 몸을 날려 늙의 팔에 매달렸다.

“이거 놔, 대체 왜 이래!”

늙이 개똥에게 눈을 부라렸다. 개똥은 늙의 팔을 꽉 붙잡은 채, 함정 안에 드러누운 호랑이를 초조하게 내려다봤다.

‘잠깐만. 번역되어서 들린 건 어린아이 목소리였는데?’

등을 다친 호랑이는 아무리 봐도 어른이다. 호랑이를 직접 본 적은 처음이라도, 새끼 호랑이가 저렇게까지 크지 않을 것쯤은 짐작할 수 있다. 새끼 호랑이는 ‘개호주’라고 불리는데 여기서 ‘개’는 고양이를 가리킨다. 새끼 호랑이는 고양이나 살쾡이만큼 작아서 그리 부른다고, 이전에 아빠에게 들었다. 하지만 저 크기는…… 아무리 봐도 고양이와는 거리가 멀다. 개똥이 유심히 호랑이를 살피는데, 웅크린 호랑이의 품 안에서 무언가 꼼지락거렸다. 그러더니 새끼 호랑이가 불쑥 얼굴을 내밀었다.

“새끼 호랑이……개호주가 있어.”

창을 던지려던 늙의 손이 멈췄다. 늙도 개호주를 봤다. 호랑이는 아기를 보호하려는 듯, 앞발로 개호주를 자기 품 안에 밀어 넣었다. 개호주가 날카롭게 울었다. 고양이 울음을 닮은 소리, 도와달라는 외침이었다.

“네가 도와달라고 외친 거구나.”

개똥이 중얼거리자, 개호주가 또다시 울었다. 개똥은 고개를 끄덕거리며 개호주의 울음에, 말에 귀를 기울였다.

“네가 앞을 못 봐서 함정에 빠지려는 걸, 엄마가 낚아채

느라 중심을 잡지 못하고 착지해서 등을 다친 거란 말이지? 여기를 빠져나가게 해 주면 우리를 해치지 않을 거라고 약속해. 그럼 내가……."

"헛소리하지 마!"

늙이 팔을 세게 휘둘렀다. 개똥은 더 이상 버티지 못하고 다시 땅에 나뒹굴었다.

"짐승 말을 어떻게 알아들어? 개똥이 너라도 날 방해하면 가만두지 않겠어."

그러나 개똥은 늙의 손이 부들부들 떨리는 것을 봤다.

"오라버니도 죽이고 싶지 않잖아!"

"아니야! 저건……. 저건 짐승일 뿐이야!"

늙은 거칠게 숨을 몰아쉬었다.

"그래. 저건 짐승이야. 짐승이 무슨 모정이 있어? 저 개호주는 내가 아니야. 저 호랑이도 엄마가 아니고. 아기를 지키려 했다고? 웃기고 있네."

늙은 혼잣말을 중얼거리며 다시 창을 꽉 움켜쥐었다. 개똥은 다시 늙에게 달려들었다. 늙의 허리를 붙잡고 실랑이를 벌이는데, 수풀 안쪽에서 왕눈이 힘없이 걸어 나왔다.

"아무리 찾아도 동생이 없어. 어, 개똥아!"

왕눈이 슭과 다투는 개똥을 보고 놀란 듯 멈춰 섰다.

"야! 넌 어딜 갔다가 와!"

"동생 찾으러⋯⋯. 넌 뭐 해?"

"보면 몰라? 빨리 와서 도와!"

개똥이 재촉했지만, 왕눈은 어찌해야 좋을지 모르겠다는 듯 바라볼 뿐이었다. 슭이 크게 팔을 휘둘러 팔꿈치로 개똥의 얼굴을 쳤다. 얼얼한 아픔이 얼굴부터 몸을 관통해 몰려왔다. 개똥은 악 소리를 지르곤 나가떨어졌다. 슭은 바닥을 구르는 개똥을 내려다보다, 다시 함정 쪽으로 몸을 돌렸다.

"착호갑사에 들어가면, 마을 사람들도 더 이상 나를 우습게 보지 않을 거야."

창을 겨누는 슭의 눈이 욕심으로 번들거렸다.

"개똥아! 괜찮아?"

개똥이 고통에 몸부림치자, 왕눈이 그제야 허둥지둥 달려왔다.

"좀 도우라니까 보고만 있냐!"

개똥은 머리를 감싸 쥔 채 소리를 질렀다.

"이 행성 풍습을 모르니 엉겨 붙어 있는 게 싸우는 건지 인사하는 건지 판단이 안 되어서 그랬어. 그나저나 봐! 지도에 분명히 여기서 반경 30미터 안에 동생이 있다고 표시되는데, 찾을 수가 없어."

왕눈이 지도를 펼쳐 보였다. 개똥은 어이가 없었다. 개호주 울음소리에 달려갈 때는 언제고, 개호주가 죽을 위기에 처해 있는데 이렇게 태평하단 말인가. 그러나 이전처럼 화가 치밀진 않은 건, 왕눈이 하는 말이 거짓말이 아닌 걸 알아서였다. 귀 안에 낀 번역기란 물건도 진짜이지 않았나. 개똥은 끙, 몸을 일으켜 앉았다.

"너 변신인가 뭔가 한 거라며. 동생이 너를 못 알아보나 보지."

툭 던진 개똥의 말에, 왕눈이 고개를 끄덕거렸다.

"그래. 그럴 수 있겠다. 원래 모습으로 돌아가야겠어."

"그러던가……. 헉, 뭐, 뭐야!"

시큰둥하게 답하던 개똥의 눈이 휘둥그레 커졌다. 왕눈의 몸이 녹아내렸다. 불이 붙은 양초의 촛농이 흘러내리듯이 옷과 피부가 한 번에 녹아내리며 형상이 무너져갔다. 순식간에 왕눈은 거대하고 반투명한 점액질 덩어리가 되었다. 생전 처음 보는 광경에 개똥은 입을 떡 벌렸다. 비명을 지르거나 할 정신도 없었다. 안개에 녹아들 듯이 점점 커지는 왕눈의 몸을 보며, 개똥은 꿀꺽 마른침을 삼켰다.

쨍그랑. 금속이 땅에 부딪히는 소리가 요란하게 났다.

그 소리에 개똥은 정신을 차렸다. 반투명한 왕눈의 몸 너머로 자리에 주저앉은 슭의 모습이 비쳤다. 점액질이 된 왕눈이 몸을 돌려 함정 쪽으로 향했다.

"도, 도깨비다!"

슭은 냅다 비명을 지르곤 팔다리를 허우적거리며 땅을 기다시피 해 도망쳤다. 왕눈은 그런 슭을 신경도 쓰지 않고, 함정 안으로 팔을 뻗어 호랑이를 꺼냈다. 어미 호랑이는 땅 위에 올라온 후에도 움직이지 못했다. 등에 날카로운 쇠덫이 박혀 피가 흥건히 흐르고 있었다. 개호주가 어미의 품에서 빠져나와 끙끙거리며 등의 상처를 핥았다. 왕눈의 몸이 호랑이를 덮었다.

'설마 호랑이를 잡아먹는 건 아니겠지?'

괜한 걱정이었다. 왕눈의 몸이 닿자, 호랑이의 상처가 순식간에 나았다. 엎드려 있던 호랑이는 몸을 일으키자마자 개호주를 입에 물고 빠르게 숲 속으로 달려가 사라졌다. 개호주의 높은 울음소리가 울리고, 안개가 걷혔다. 고마워. 한 박자 늦게 번역된 개호주의 말에 개똥은 빙긋 웃었다. 왕눈의 몸이 부르르 떨리더니 호랑이의 모습으로 바뀌었다. 사라진 호랑이와 똑같은 모습이었다. 그러더니 곧, 개똥이 아는 원래의 모습으로 돌아왔다.

"역시 행성에는 행성마다 어울리는 몸으로 있는 게 편해. 어휴. 원래의 몸으로 돌아가니 어찌나 숨쉬기가 힘들던지. 그래도 멋진 생물의 데이터를 얻었어."

개똥은 엉덩이의 흙을 털고 일어나 왕눈에게 다가갔다. 왕눈의 정체가 무엇이든 더 이상 무섭지 않았다. 욕심 때문에 다른 건 아무것도 상관없는 듯 행동하는 사람들보다야, 설령 도깨비라도 왕눈이 나았다.

"어휴. 그나저나 얘는 대체 어디 있는 거야."

왕눈이 한숨을 푹 내쉬었다. 개똥은 귀 안에서 구슬을 꺼내 돌려주고, 왕눈이 나왔던 반대쪽 수풀을 살폈다.

"잘 찾아봐. 네가 그랬잖아. 그 뭐야, 동생이 다른 뭔가로 변해 있을 수 있다고 했나?"

"맞아. 이 행성의 생물로 변했다가 원래대로 돌아오지 못하고 있을 수도 있어."

여전히 무슨 말인지 잘 이해가 되지 않았지만, 개똥은 열심히 수풀을 뒤졌다. 그런 개똥의 눈에 커다란 깃털 모양잎을 가진 풀더미가 보였다.

"어수리잖아! 귀한 약초인데 이런 곳에 있네."

개똥은 재빨리 한 줄기를 뽑았다. 어수리는 임금의 수라 상에도 올라가는 귀한 약초라 매우 비싸게 팔린다. 개똥은 슬쩍 왕눈의 눈치를 살핀 후, 풀더미 앞에 쪼그리고 앉아 본격적으로 어수리를 캐기 시작했다. 김 대감에게는 비밀로 하고 몰래 내다 팔면 한동안은 굶지 않아도 될 것이다.

"뭐지, 이건 좀 생긴 게 이상하네. 어수리는 이렇게, 잎 여러 개가 어긋나게 겹쳐 있어야 하는데 이건 어째 통잎이 네. 그렇다고 인삼처럼 손바닥 모양도 아니고, 하지만 다른 부분은 분명히 어수리인데."

혹시 아주 귀한 약초는 아닐까. 개똥은 한 손에 들고 있던 호미를 내려놓고 조심스럽게 손으로 흙을 파헤쳤다. 줄기 한 마디쯤 파 내려갔을까. 손가락 끝에 물컹한 감촉이 닿았다. 벌레인가 싶어 파던 것을 멈추고 손을 살펴보았다. 아무것도 없었다. 개똥은 고개를 갸웃거리며 다시 조심조심 흙을 팠다. 드디어 뿌리가 드러난 순간, 풀이 갑자기 흙속에서 뛰쳐나왔다.

"으악!"

개똥은 비명을 지르며 엉덩방아를 찧었다. 메뚜기도 아니고 풀이 움직이다니! 풀은 털퍼덕 주저앉은 개똥의 앞을 좌우로 정신없이 뛰어다니다가 개똥의 무릎에 뛰어 올랐다. 반투명한 뿌리에 흙 묻은 개똥의 옷자락이 비쳤다.

'잠깐만. 이 반투명한 촛농 같은 점액질!'

춤추는 듯한 풀뿌리의 움직임을 보던 개똥의 머릿속에 번뜩, 방금 보았던 왕눈의 모습이 떠올랐다.

"왕눈아! 여기! 이것 좀 봐!"

반대편에서 숲을 뒤지던 왕눈이 달려왔다. 개똥의 무릎에서 춤추는 풀뿌리를 본 왕눈의 커다란 눈이, 한층 더 커졌다.

"유라리아 메라베이스 하나우두 3세!"

왕눈이 풀뿌리를 향해 달려들었고, 풀뿌리도 왕눈의 품으로 뛰어들었다. 감격스러운 재회의 순간이었으나 개똥은 입이 썼다. 아무래도 왕눈이 명나라 양반님의 자제가 아닌 게 분명했다. 명나라는 넓으니 호랑이 말을 알아듣게 해 주는 구슬까지야 하나쯤 있을 수 있다 해도, 촛농으로 변하고 풀로 변하는 인간은 아무래도 없을 것이다.

'도깨비장난에 흘린 건가.'

그래도 저런 도깨비라면 나쁘지 않다. 풀을 끌어안고 엉엉 우는 왕눈을 보는 개똥의 입가에 미소가 걸렸다. 일이 해결되었다는 안도감에, 느끼지 못했던 피로가 밀려왔다. 개똥은 풀썩 풀 위에 드러누웠다.

안개 걷힌 하늘이 유독 푸르렀다.


＊　＊　＊


나흘 뒤, 마을 앞 강가에서 기우제가 거행되었다. 마을 사람들은 길놀이 패를 따라서 강가에 모여들었다. 군수가 의관을 단정히 하고 나와 비가 오기를 기원하는 글을 읽고, 땅에 술을 뿌렸다. 곧 곳곳에서 작게 탄성이 울렸다. 아전이 비단 방석에 놓인 호랑이 머리를 들고 조심스러운 표정으로 걸어 나왔다.

"진짜네. 진짜 호랑이 머리야."

"저걸 개똥이가 가져왔다고?"

"산군께서 직접 나타나서 자기 머리를 가져가라고 했다잖아. 가뭄이 심해 초목도 괴로워하니 자기 한 몸 희생하겠다고."

"그럼 개똥이 저것이, 신하고 대화를 나누었단 거야? 세상에."

"그런 아이를 막 부려도 되나 몰라."

사람들이 개똥과 김 대감을 힐끔거리며 수군거렸다. 김 대감은 못마땅한 표정으로 팔짱을 끼고 서 있었다. 개똥이 면천을 포상으로 원했다는 말을 전해 듣고 단단히 화가 난 상태였다. 정말로 비가 올지 안 올지도 모르는데, 왜 자기 재산이 줄어들어야 한단 말인가. 그러나 크게 걱정은 되지 않았다. 미리 군수에게 손을 써 놓은 터였다. 군수는 노비가 호랑이 머리를 구해 온 것은 곧 주인의 공이니, 포상은 주인인 김 대감이 받는 것이 마땅하다고 보고할 테고 개똥은 헛물만 들이키게 될 것이다. 김 대감의 눈이 야비하게 빛났다.

"용의 머리를 넣어라!"

웅장한 나팔 소리가 울리자, 사람들이 일제히 입을 다물었다. 군수가 호랑이 머리를 하늘 높이 들어 올렸고 사람들은 저마다 손을 모아 비가 오기를 빌었다.

호랑이 머리가 허공에 던져졌다.

개똥은 강에 떨어지는 호랑이 머리에서 눈을 떼지 않았

다. 김 대감이 심술궂은 눈빛으로 자기를 보는 것도, 군수에게 어떤 부탁을 했는지도 알았다. 그래서 더욱더 고개를 들고 하늘만 봤다. 호랑이의 머리가 아름다운 포물선을 그리며 강에 떨어졌다. 개똥의 고개도 포물선을 따라 둥글게 위에서 아래로 움직였다.

다음 순간, 강에 떨어졌던 호랑이 머리가 다시 허공으로 치솟았다. 기도문을 읽고 있던 군수가 놀라 엉덩방아를 찧었다. 모인 사람들 모두가 공포에 질려 허공으로 치솟은 호랑이 머리만 바라볼 때였다.

"비…… 비다! 비가 온다!"

"정말 비야, 비가 내린다!"

투두둑 빗방울이 떨어졌다. 공포는 환호로 바뀌었다. 사람들이 빗방울에 손을 적시며 기뻐하는데, 하늘에서 쩌렁쩌렁한 음성이 벼락처럼 내리꽂혔다.

들어라! 개똥의 정성이 갸륵해서 비를 내려주는 것이다. 개똥이 원하는 포상을 제대로 하지 않으면 벌을 내릴 것이다. 또한 이 일을 함부로 소문내거나 해도 경을 칠 것이다!

군수가 무릎을 꿇고 머리를 조아린 채 그리하겠다고 외쳤다. 사람들도 무릎을 꿇고 호랑이 머리를 향해 절을 했다. 김 대감도 벌벌 떨며 땅에 바짝 엎드려 머리를 조아렸다. 오직 개똥만이 꼿꼿하게 서서 하늘을, 멀어지는 호랑이 머리를, 호랑이 머리로 모습을 바꾼 왕눈의 우주선을 봤다.

우주선을 호랑이 머리로 모습을 바꾸어 마을 사람들을 속이자.

작전의 시작은 왕눈이 가지고 있던 '구름 캡슐'이었다. 개똥에게 늙이 호랑이를 죽이려 한 이유를 들은 왕눈은 펄쩍 뛰었다.

"호랑이 머리를 강에 던진다고 비가 올 리가 없잖아! 그렇게 아름다운 생물을 그런 이유로 죽이면 안 되지!"

왕눈은 자신이 가지고 있던 구름 캡슐을 쓰면 비를 내릴 수 있으니, 집으로 돌아갈 때 그걸 터뜨려 주겠다고 했다. 구름 위에서 캡슐을 터뜨리면, 구름 씨앗이 수분을 끌어들여 비가 된단 거였다. 왕눈의 말을 곰곰이 듣던 개똥이 물었다.

"항아리 모양의 그거 타고 하늘을 날아서 집에 간다는 거지? 너 혹시 그 항아리도 다른 모양으로 바꿀 수 있어?"

왕눈이 고개를 끄덕였다. 호랑이 머리만 있으면 아빠와 함께 살 수 있다고? 아니다. 그게 순진한 희망이란 것쯤은 이미 알고 있었다. 어차피 호랑이를 잡을 수 없다고 생각했기에 김 대감이 포상을 가로채면 어쩌나 하는 고민도 하지 않았다. 하지만 왕눈이 도와준다면 이야기가 달라진다. 개똥의 머리가 바삐 돌아갔다.

그 결과가 이것, 작전 성공이다.

"안녕. 집까지 무사히 잘 갔으면 좋겠다."

개똥은 이젠 보이지 않게 된 왕눈을 향해 작게 손을 흔들었다. 이제 곧 개똥도 집으로 돌아갈 것이다. 시원한 빗줄기가 메마른 땅을 적셨다.

조선 시대의 노비제도는 세 번 크게 변합니다. 고려 시대에는 '일천즉천', 즉 부모 중 한쪽이라도 노비면 그 자녀는 무조건 노비가 되었던 것이, 조선 초기 태종 때에 아버지 쪽 신분을 따르는 '노비종부법'으로 바뀌었다가, 세종 때는 양인 남성과 여종 사이에서 난 자식은 노비가 된다는 '노비종모법'으로 바뀝니다. 단 세종 때의 노비종모법은 일천즉천을 기본으로 한 종모법으로, 이 때문에 태종 때보다 노비의 수가 증가하는 결과를 가져오게 됩니다. 쉽게 말하자면 태종이 일천즉천의 원칙을 깼고, 세종이 다시 그 원칙을 강화했다고 보면 되겠습니다. 일천즉천의 원칙이 깨지고 노비종모법만이 작용하게 된 것은 조선 후기인 영조 때입니다.

고백하자면 저는 이전에 한국사 시험을 준비할 때 세종 때의 노비종모법과 영조 때의 노비종모법 차이를 깨닫지 못해 직접 조합을 써 보고 나서야 이해한 적이 있습니다. 차별 없이는 유지되지 못하는 사회라니 이 얼마나 불합리한가, 라고 투덜거리면서 말입니다. 권력을 쥔 사람들이 멋대로 바꾸어대는 법 때문에 고통받는 건 결국 백성이었을 겁니다.

조선 시대의 백성을 괴롭힌 것이라면 빼놓을 수 없는 건 역시나 기상재해입니다. 《조선왕조실록》에는 꽤 빈번하게 기상재해에 관한 내용이 나옵니다. 특히 조선 초기에는 태종 재위 18년 중 기우제를 지내지 않은 해가 일 년뿐이었을 정도로, 가뭄이 계속 이어지기도 했습니다. 세종대왕이 측우기를 발명하고 수리 시설인 저수지와 보를 만드는 걸 국가사업으로 실행했던 데는 이러한 이유가 있었던 거지요. 당시 사람들은 기상재해를 단순한 자연 현상이 아닌 하늘의 경고라 생각했습니다. 임금은 하늘의 뜻을 받아 백성을 다스리는 사람이기 때문에, 임금이 덕을 쌓지 못하거나 정치를 잘못하면 하늘이 가뭄이나 홍수 등을 통해 경고한다고 여겼던 거지요.

따라서 가뭄이 심해지면 기우제를 지냈습니다. 기우제를 통해 하늘의 노여움을 풀고자 했던 거지요. 기우제는 지방 팔도에서 열렸는데, 심한 가뭄에 기우제를 지내는 건 지방관의 필수 임무였습니다.

외계인이 조선에 찾아온다면, 기우제를 어떻게 생각할까 하는 생각에서 시작된 글이었습니다. 우주선의 디자인은 영조 23년, 밤에 서북쪽 하늘에서 항아리 모양의 별이 나타났다는 기록에서 차용했습니다. 그러나 이 글의 배경은 조선 초기인 세종 때, 일천즉천을 기반으로 한 노비종모법이 막 시행되었을 때임을 밝힙니다.

# 조선 우주 전쟁

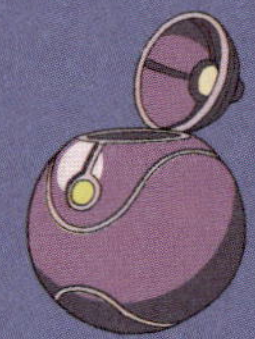

아동대들의 연습한 바를 시험해 보니 성취된 자가 많이 있다. 산소우가 훈련 시킨 노고가 없지 않으니, 숙마 한 필을 주어 그의 마음을 위로하라. _《조선왕조실록》〈선조실록〉 중

모양은 큰 동이와 같았는데, 동남쪽에서 생겨나 북쪽을 향해 흘러갔다. 매우 크고 빠르기는 화살 같았는데 한참 뒤에 불처럼 생긴 것이 점차 소멸되고, 청백의 연기가 팽창되듯 생겨나 곡선으로 나부끼며 한참 동안 흩어지지 않았다. _《조선왕조실록》〈광해군 일기〉 중

상동은 악몽을 꾸었다. 아동대 시절의 기억이 용솟음친 것이다. '산소우'라고 불리는 항왜*가 조총 쏘는 법을 알려

주었고, 상동을 비롯한 열 살 남짓한 소년들은 자기 키보다 큰 조총을 장전하고 쏘는 법을 배웠다. 임진년에 왜구가 쳐들어오면서 조선군이 크게 패하자 많은 병사가 죽거나 다쳤고, 도망치기도 했기에 상동이 같은 어린 소년들도 아동대라는 이름으로 전쟁터에 끌려 나와야만 했다. 워낙 어린 소년들이라 칼이나 창 같은 건 다루기 어려워 조총을 다루게 되었다.

"안화승!"

거친 구령이 들리자 상동을 비롯한 아동대의 소년들은 자연스럽게 용두에 끼운 화승을 살펴보기 위해서 고개를 옆으로 기울였다. 상동은 입을 모아 조심스럽게 바람을 불어 꺼져가는 화승의 불을 깨웠다. 빨갛게 달아오르는 화승의 끝을 보고 있던 상동의 귀에 다시 항왜이자 아동대의 조총 교관인 산소우의 탁하고 거친 외침이 들렸다.

"개화문!"

산소우의 외침에 아동대 소년들은 화문을 열었다. 점화약을 넣고 살살 흔들어서 총열 안으로 흘러 들어가게 만든

• 임진왜란 당시 조선에 투항해 조선의 편에서 싸운 일본군 병사

다음 화문을 닫아두었다. 바람이 불거나 심하게 움직이면 점화약이 다 날아갈 수 있기 때문이다. 그리고 개머리판을 겨드랑이에 대고 앞쪽을 겨눴다. 총구 너머에 울창한 숲이 보였다. 잠시 후, 그곳에서 왜군들이 괴성을 지르며 튀어나왔다. 상동은 수염을 붙인 무쇠탈을 쓴 왜군을 겨눴다. 반짝거리는 긴 칼을 휘두르며 달려드는 왜군을 바라보던 상동의 귀에 산소우의 절규가 들렸다.

"거발!"

발사하라는 구령에 맞춰 방아쇠를 당기자 요란한 총성과 함께 총구에서 불꽃과 연기가 뿜어 나갔다. 그리고 기세 좋게 달려들던 왜군들이 쓰러졌다. 그중에는 상동이 겨눴던 무쇠탈을 쓴 왜군도 있었다. 하지만 왜군들은 멈추지 않고 달려들었다. 그렇게 첫 번째 전쟁터에서 몇 달 동안 같이 훈련받던 아동대 동료의 절반이 죽거나 심하게 다쳤다. 산소우가 막아주지 않았다면 상동도 살아남지 못했을 것이다. 산소우는 상동 대신 죽었다. 항상 서툰 조선말로 고향에 있는 아내와 아들 자랑을 하던 산소우는 '오까상'이라는 말을 남기고 눈을 감았다. 나중에 그 단어가 엄마라는 것을 알게 된 상동은 자기에게 먹을 것을 주고 굶어 죽은 엄마가 떠올랐다.

임진년에 왜구가 쳐들어오고, 한양이 순식간에 함락되었다. 북쪽으로 피난 가던 도중에 아버지는 군인으로 끌려가 소식이 끊겼고, 어머니와 함께 떠돌아다니다 끝내 어머니까지 잃고 난 뒤 먹고 살기 위해 아동대에 지원했다. 전쟁이 끝나고 몇 년이 지났지만 상동은 여전히 전쟁터에서 겪었던 일로 악몽을 꾸었다. 그리고 눈물과 함께 잠에서 깨어났다.


눈을 뜬 상동에게 가장 먼저 보인 것은 어둠이었다. 왜군이 물려나고 아동대가 해산된 후 갈 곳 없던 상동은 한양의 수표교 다리 밑에 머무는 거지 패거리에 들어갔다. 주변에는 얻어온 거적을 천막처럼 쳐놓고, 찢어진 옷과 지푸라기를 이불처럼 뒤집어쓴 채 잠이 든 동료들이 보였다. 악몽을 꾸느라 온몸이 식은땀으로 젖어버린 상동은 조심스럽게 일어나 다리 밖으로 나갔다. 차가운 새벽의 푸른 빛에 물든 세상은 더없이 평화롭고 고요했다. 하지만 하루하루의 삶은 끔찍했다. 전쟁 때문에 많은 사람들이 죽고 땅이 쑥대밭이 되면서 병들고 굶어 죽는 사람들이 늘어났다. 한양의 사정도 비슷해서 다리 밑에 사는 거지 신세인 상동에게는 전쟁보다 지금이 더 끔찍한 삶이었다. 더군다나 계절은 여름이 끝나 가을로 접어들었다. 이제 곧 눈이 내리고 추워지면 거지들에게는 힘든 시간이 찾아올 게 분명했다. 이런저런 걱정을 하면서 다리 위의 세상을 보고 있는데 갑자기 옆에서 부스럭거리는 소리가 들렸다. 깜짝 놀랐던 상동은 누군지 알아보고는 피식 웃었다.

"할아버지, 언제 일어나셨어요?"

덕배 할아버지가 언제부터 수표교 근처에서 지냈는지 아는 사람은 없었다. 다 깨진 사기그릇으로 동냥하는 신세였는데 코와 귀가 없어서 섬뜩한 모습이었다. 임진년 이후 잠잠했다가 정유년에 다시 쳐들어온 왜구는 죽거나 살거나 상관없이 조선 사람들의 코와 귀를 잘라갔다. 간혹 코와 귀가 잘리고도 죽지 않는 경우가 있었다. 귀는 모르겠지만 코가 없으면 얼굴에 두 개의 긴 구멍이 흉측하게 생겨 보기에 끔찍했고, 오래 살지 못했다. 하지만 덕배 할아버지는 코와 귀를 잃고도 살아남았다. 그리고 동냥을 하면서 종종 점을 쳤는데 신기하게도 잘 맞았다. 전쟁 전에 용한 점쟁이였다는 소문이 있었지만, 정확한 사연을 아는 사람은 없었다.

상동은 돌아가신 아버지가 떠올라 종종 인사를 드리곤 했다. 덕배 할아버지도 상동이가 병으로 죽은 손자랑 동갑이라며 웃어주곤 했다. 그런데 오늘 덕배 할아버지는 표정이 심상치 않았다. 구멍 난 탕건을 쓰고 뒷짐을 지고 하늘을 올려다보고 있었는데 뭔가를 기다리는 것 같기도 했고, 두려워하는 것 같기도 했다. 덕배 할아버지의 시선을 따라 하늘을 올려다본 상동이 물었다.

"하늘에 뭐가 있어요?"

"있지. 안 보이니?"

덕배 할아버지의 물음에 상동은 눈을 가늘게 뜨며 올려다봤다. 하지만 새벽 하늘에 특별한 건 보이지 않았다.

"아뇨, 안 보이는데. 뭔가요?"

"세상을 뒤집어놓을 거. 몇 달 전부터 하늘의 흐름이 이상해서 살펴봤는데 드디어 오는구나."

그리고 보니 덕배 할아버지가 올봄부터 계속 새벽에 일어나서 하늘을 올려다봤다는 게 떠올랐다.

"뭐가 오는데요?"

하지만 덕배 할아버지는 빙그레 웃을 뿐 대답하지 않았다. 그리고 콜록거리면서 자기 거처인 움막으로 향했다. 그 모습을 본 상동은 입을 삐죽 내밀었다.

"새벽부터 헛소리는……"

들어가서 더 자고 싶었지만 하루를 보낼 걱정 때문에 잠이 달아난 지 오래였다. 오늘은 또 어디서 구걸해야 할지 걱정스러웠다.

"잔치가 열리는 곳도 없고 말이야."

잔칫집에 가면 최소한 문전박대는 당하지 않았다. 하지만 다른 거지패들과 경쟁해야 하고, 요즘은 잔치가 열리는 곳도 드물었다. 어디로 가야 한 끼라도 먹을 수 있을지 고민이 이어졌다. 그러다가 문득 하늘을 바라봤는데 아까와 달라진 게 보였다.

"어?"

하늘에 달걀만 한 별들이 무리지어 있었는데 점점 커지는 거였다.

"뭐지?"

간혹 달이 가려지거나 큰 별이 대낮에도 반짝거린 적이 있긴 하지만 이렇게 큰 별은 본 적이 없었다. 붉게 달아오른 별들은 시시각각 다가왔다. 놀란 상동은 덕배 할아버지가 있는 움막으로 달려갔다. 너덜거리는 움막 안에는 덕배 할아버지가 옆으로 쪼그린 채 누워 있었다.

"할아버지! 이상한 별이 계속 내려와요!"

하지만 덕배 할아버지는 꼼짝도 하지 않았다. 상동이 계속 소리 치자 덕배 할아버지가 옆으로 돌아누우며 말했다.

"이제 세상이 완전히 뒤집어질 거다."

"또 왜놈이 쳐들어오나요? 아니면 압록강 너머의 야인들인가요?"

"그들과는 비교할 수 없는 존재지."

갑자기 일어난 덕배 할아버지가 거적을 들추고 있던 상동의 얼굴을 뚫어지게 바라봤다.

"왜 너의 관상을 지금껏 보지 않았을까? 너야말로……"

덕배 할아버지는 말을 끝맺지 못했다. 엄청난 충격이 온 세상을 뒤흔들었기 때문이다.

"우악!"

그대로 주저앉은 상동은 하늘을 올려다봤다. 하늘에서 내려오던 거대한 붉은 별이 한양 곳곳에 떨어지면서 그 충격을 사방으로 뿜어낸 것이다. 아동대에서 참전했던 울산성 전투에서 들은 화포 소리보다 수백 배는 크고 우렁찬 굉음과 함께, 창백하게 잠든 세상을 환하게 깨울 만큼 큰 불꽃이 번쩍거렸다. 요란한 소리와 불꽃 때문에 한양의 백성들이 모두 잠에서 깼다. 수표교 밑에서 잠고 있던 거지 패거리도 거적을 들추고 일어나서는 주위를 두리번거렸다. 무슨 일이냐고 서로 묻고 또 묻는 사이에 다리 위로 올라간 상동은 불꽃이 피어오르는 가장 가까운 곳이 어디인지 살폈다.

"보신각 근처네."

경복궁 앞 관청들이 나란히 있는 육조거리와 시장인 운종가가 마주치는 지점 같았다. 큰 종이 걸려 있는 2층 누각 아래로는 사람과 수레, 가마들이 오갔다. 2층은 멸화군*이 화재를 감시하는 곳이었다. 상동은 술렁거리는 사람들 사이에 끼어서 그곳으로 발걸음을 옮겼다. 아침에 입궐하기 위해 바퀴 달린 가마인 초헌을 타고 가던 관리와 몸종들의 모습도 보였다. 원래대로라면 피맛골로 피하거나 바닥에 엎드려 지나갈 때까지 기다려야만 했지만 다들 하늘에서 떨어진 걸 보러 가느라 함께 움직였다.

상동의 예상대로 보신각 바로 옆 땅이 움푹 파여 있었다.

<br>

• 조선 시대에 소방대 역할을 하던 곳

불길이 엄청나게 치솟았지만 의외로 보신각이나 근처의 집들은 불타지 않았다. 다만 떨어질 때의 충격 때문인지 보신각이 살짝 옆으로 기울어져 보였다. 겁이 났지만 주변에 사람들이 너무 많아서 잘 보이지 않자, 상동은 근처의 황토마루로 올라갔다. 운종가와 육조거리가 만나는 지점 남쪽에 수십 척 높이의 언덕이 있었는데 사람들이 오고 가느라 밟는 바람에 풀이나 나무가 자라지 못하고 그냥 흙만 있는 벌거숭이 언덕이었다. 고상하고 배운 사람들은 황토현이라고 불렀고, 상동과 비슷한 부류는 황토마루라고 불렀다. 황토마루 고개로 올라가자 움푹 파인 구덩이가 눈에 잘 들어왔다. 그런데 구덩이 안에 이상한 것이 보였다. 계란처럼 생긴 거대한 금속 덩어리가 연기를 모락모락 피우고 있었다.

"대체 뭐지?"

다들 궁금해했지만 뭔지 아는 사람은 없었다. 아까 봤던 초헌에 타고 있던 관리가 몸종에게 내려가 보라고 손짓하는 게 보였다. 덩치 큰 몸종 하나가 구덩이 안으로 조심스럽게 내려가 커다란 금속 덩어리를 이리저리 살펴봤다. 그러고는 고개를 돌려 모시고 있는 관리에게 뭐라고 말했다. 관리가 손으로 가리키면서 말하자 몸종은 근처에 있는 돌

하나를 집어 금속 덩어리를 내리쳤다. 깡, 하는 경쾌한 소리가 황토마루에 있는 상동의 귀에까지 들렸다. 몸종이 몇 번이나 내리쳤지만 하늘에서 떨어진 금속 덩어리는 흠집 하나 나지 않았다. 옆에 서서 지켜보던 운종가의 상인이 뒷짐을 진 채 중얼거렸다.

"저게 대체 뭔고?"

몸종이 다시 구덩이 바깥쪽의 관리를 쳐다봤다. 관리가 뭐라고 말하려는 순간, 금속 덩어리가 갑자기 꿈틀거렸다. 사방으로 갈라지면서 빛 같은 게 새어 나오자 놀란 몸종이 허겁지겁 구덩이 밖으로 기어 나왔다. 사람들이 웅성거리며 지켜보는 가운데 금속 덩어리는 다시 꿈틀거리면서 아까보다 틈이 더 갈라졌다.

"뭐야?"

고개를 길게 뺀 채 지켜보던 상동이 중얼거리는데 금속 덩어리에서 길고 가느다란 다리 같은 게 삐져나왔다. 본능적으로 숫자를 세던 상동이가 넷을 셌을 때 갑자기 다리 같은 것이 허공을 긁어대기 시작했다. 구름처럼 몰려든 구경꾼은 일제히 놀라 소리를 질렀다. 네 개의 다리는 중간에 관절이 있어서 접었다 폈다를 반복하면서 일어났다. 계란처럼 생긴 금속 덩어리가 서서히 구덩이 밖으로 빠져 나오자 사람들의 시선이 일제히 위로 올라갔다. 아까 상동이 옆에 있던 운종가 상인이 다시 중얼거렸다.

"다리가 엄청 길구나. 족히 열 척은 되겠어."

상동은 같은 생각이라고 대답하려는 순간, 기다란 다리 위에 올라가 있던 계란처럼 생긴 금속 덩어리의 위쪽과 아래쪽에서 촉수 같은 게 툭 튀어나왔다. 촉수는 뱀처럼 자유자재로 꿈틀거리면서 자신을 내려다보는 사람들을 쳐다봤다. 그리고 촉수 끝이 벌어졌는데 마치 사람 눈처럼 생긴 게 보였다.

"거참, 신기하네."

상동이 중얼거렸다. 그때 촉수 끝의 눈에서 녹색의 광선이 번쩍거렸다.

"으악!"

상동이 놀라서 비명을 질렀다. 녹색의 광선은 구덩이 주변에 몰려든 구경꾼 머리 위에 쏟아졌다. 그러자 빛을 맞은 사람들은 모두 얼음처럼 녹아버렸다. 비명이 파도처럼 이어졌다. 끔찍한 광경이었다. 살짝 기울어져 있던 보신각도 녹색 광선을 정통으로 얻어맞고는 산산조각나면서 부서진 기와가 사방으로 날아갔다. 2층에 있던 커다란 종은 허물어지는 보신각의 잔해와 함께 땅바닥에 떨어지면서 요란한 소리를 냈다. 녹색 광선을 맞지 않은 구경꾼들이 개미 떼처럼 흩어졌다. 하지만 녹색 광선은 피맛골로 피하는 구경꾼의 뒤를 집요하게 쫓았다. 좁디좁은 피맛골은 비명과 신음 소리로 가득 찼고, 담장들이 무너지면서 녹색 광선에 녹아버린 시신들을 뭉개버렸다. 금속 덩어리 아래쪽 촉수에서 발사된 녹색 광선은 주로 지상의 사람들을 공격했고, 위쪽 촉수는 운종가의 상점들을 공격했다. 창고까지 겸해서 만들어진 2층짜리 상점들은 녹색 광선이 닿자마자 사정없이 터져나갔다.

상동은 전쟁터의 장면을 떠올렸다. 조명朝明 연합군이 쏜 대포가 왜군이 버티고 있는 울산성으로 날아가 어마어마한 폭음과 불꽃을 만들어냈었다. 특히 울산성 안에 있는 천수각이라고 부르던 탑을 사정없이 박살냈다. 그리고 울산성이 있던 삼도수군통제사 이순신이 이끄는 조선 수군이 화포를 일제히 발사해 울산성을 초토화시켰을 때의 모습도 떠올랐다. 녹색 광선이 닿는 곳이면 사람이든 건물이든 멀쩡히 남아나지 못했다. 네 개의 긴 다리로 움직이면서 쓰러지거나 미처 도망치지 못한 사람들을 밟았다. 아까 몸종에게 구덩이로 내려가 보게 시켰던 관리도 엎어진 채 버둥거리다가 긴 다리에 찍혀서 피를 토하고 쓰러졌다. 그때 옆에 있던 상인이 갑자기 발을 동동 구르며 소리쳤다.

"저, 저기 정릉동 행궁도 불바다가 되었구나. 임금께서 계신 곳인데 어찌하면 좋을꼬?"

한가하게 임금 걱정이나 한다고 생각하는데 다리 달린 금속 덩어리가 황토마루 쪽으로 다가왔다. 위쪽의 촉수가 서서히 상동에게 향했다. 상동은 재빨리 황토마루 아래로 몸을 날렸다. 몸을 날리자마자 녹색 광선이 황토마루 꼭대기를 강타했다. 어물쩡거리고 있던 상인은 물론이고 도망칠 생각조차 못 하고 있던 구경꾼 상당수는 녹색 광선을 뒤집어쓴 채 녹아버리고 말았다. 그들이 내뱉은 마지막 비명 소리는 울산성 전투에서 죽어가던 동료들이 내던 것과 비슷했다. 아래로 데굴데굴 굴러 내려온 상동은 정신없이 남쪽으로 도망치려다가 정릉동 행궁을 쑥대밭으로 만든 다리 달린 금속 덩어리들을 봤다. 먼발치서 보이는 정릉동 행궁의 동문인 대안문이 녹색 광선을 뒤집어쓰고 삽시간에 터져나갔다. 아직 어둠이 완전히 가시지 않은 하늘로 솟구친

기와 파편들이 네 개의 다리를 가진 금속 덩어리 위에 비처
럼 우수수 떨어졌다. 비슷한 게 몇 개 더 있어서 정릉동 행
궁을 걸어 다니며 사방으로 녹색 광선을 쏘아댔다.

"이게 대체 무슨 일이야!"

굴러떨어지면서 흙을 잔뜩 뒤집어 쓴 상동은 넋이 나간
표정으로 중얼거렸다. 방금 전까지 오늘은 어디서 어떻게
구걸할지 고민 중이었는데 지금은 하늘에서 떨어진 이상
한 기계에 목숨을 위협받고 있었다. 황토마루 위쪽은 녹색
광선을 뒤집어쓰고 녹아버린 사람들의 시신으로 가득했다.
상동은 일단 거지 패거리들이 있는 수표교로 향했다.

거리는 혼란스러웠다. 집 밖으로 나온 사람들이 어찌할
바를 모르고 우왕좌왕했다. 엄마를 잃어버린 아이가 울면
서 거리 한구석에 쪼그리고 있었고, 자식을 잃은 아버지가
상투를 풀어헤친 채 이름을 부르면서 미친 사람처럼 거리
를 뛰어다녔다. 붉은색 도포에 노란 초립을 쓴 무예별감이
두 다리를 벌리고 서서 손에 쥔 활을 네 개의 다리를 가진
금속 괴물에게 겨눴다. 숫깍지*를 끼운 손을 놓자 화살은

* 활을 쏠 때 시위로부터 손가락을 보호하고 줄을 잘 잡아당기기 위해 엄지손
  가락에 끼는 도구. 형태에 따라 숫깍지와 암깍지로 나뉜다.

살육과 파괴로 얼룩진 허공을 가로질러 날아갔다. 상동을 비롯해 몇 명은 희망 섞인 눈으로 바라봤지만, 화살은 금속 괴물의 몸통에 흠집 하나 내지 못하고 튕겨 나갔다. 얼굴을 찌푸린 무예별감이 이번에는 큰 깃이 달린 동개*에서 대우전**을 꺼내 시위에 걸었다. 그리고 얼굴을 찡그리며 외쳤다.

"어디 하늘에서 떨어진 귀신 따위가 임금이 계신 도성을 짓밟……"

하지만 무예별감은 말을 끝맺지 못했다. 화살을 맞은 금속 괴물이 긴 다리로 무예별감을 찍어 눌렀기 때문이다. 몸통이 꿰뚫린 무예별감은 단말마의 비명을 지르며 두 팔을 허우적거리다가 축 늘어졌다. 그리고 다리에 꿰뚫린 채 끌려갔다. 피맛골로 들어온 금속 괴물은 네 다리로 집들이 빽빽하게 모여 있는 피맛골을 찍어 누르며 무너뜨렸다. 자욱한 먼지와 파편이 여기저기로 흩어졌다. 사람들의 비명소리가, 살려달라는 외침이 녹색 광선 너머로 들렸다. 상동은

---

*  조선 시대 무관들이 말을 타고 이동할 때 활을 접어 넣어서 왼쪽 허리에 차는 집.
** 큰 깃이 달린 화살

우왕좌왕하며 어쩔 줄 몰라 하는 사람들 사이를 헤치며 수
표교로 뛰어갔다. 그 와중에 신고 있던 낡은 짚신이 떨어져
나갔지만 신경 쓸 틈이 없었다. 숨을 헐떡거리며 수표교에
도착한 상동은 입을 다물지 못했다.

"맙소사!"

녹색 광선을 정통으로 맞았는지 수표교는 박살이 나서
개천으로 잔해가 떨어져 있었고 거지 패거리들이 머물던
움막은 다리의 잔해에 깔려 있었다. 누군가의 팔이 삐죽 튀
어나와 있었는데 피에 흠뻑 젖은 채였다. 그 팔에서 흘러나
온 피가 개천을 따라 천천히 흘러 내려갔다. 개천에는 흘러
온 시신들이 돌무더기에 차곡차곡 걸려 있었다. 혹시나 하
고 봤지만 덕배 할아버지의 움막도 부서진 수표교의 돌에
맞아 찌그러져 있었다. 상동은 차마 들어가서 살펴볼 자신
이 나지 않았다. 하지만 호랑이에게 물려가도 정신만 차리
면 살 수 있다는 산소우의 말을 떠올렸다.

"일단 한양을 벗어나야겠어."

수표교에서 가장 가까운 곳에 있는 성문은 동대문이었
다. 상동은 길거리에 널려 있는 짚신 중 발에 맞는 것을 찾
아 신고 동대문으로 냅다 달렸다. 거리에는 상동과 같은 생

각을 한 사람들이 가득했다. 큰길은 위험할 것 같아 바로 옆 샛길로 뛰었다. 반대편에서 검은 모자를 입은 한 무리의 병사들이 달려오는 것이 보였다.

"훈련도감 군이다!"

상동의 외침을 들은 사람들이 술렁거렸다. 두 줄로 달려오던 병사들은 훈련도감을 상징하는 푸른 깃이 달린 검은색 전복에 머리에는 전건이라고 불리는 모단*으로 만든 위로 솟은 모자를 쓰고 있었다. 손에는 조총을 들었고, 허리 뒤쪽으로 환도를 차고 있었다. 뛸 때마다 가슴에 매단 죽관과 오구가 출렁거렸다. 대나무로 만든 죽관에는 화약이 담겨 있었고, 둥근 총알이 든 오구는 주머니처럼 되어 있는데 주둥이가 까마귀 부리처럼 뾰족해서 오구라고 불렸다.

걸음을 멈춘 상동은 저도 모르게 훈련도감 소속 포수들을 바라봤다. 100명을 이끄는 초관**의 지휘를 받는 훈련도감 포수들은 40명 정도였다. 태평교 근처에서 두 줄로 서서 조총에 화약을 장전하기 시작했다. 칼을 뽑아 든 초관이 주변에 대고 외쳤다.

---

* 벨벳 종류의 천
** 조선 시대에 한 초(哨)를 거느리던 종9품 무관 벼슬

"이곳은 우리가 막을 것이니 백성들은 서둘러 성 밖으로 피신하시오!"

환호성을 지르며 백성들이 줄지어 도망치는 와중에 상동은 초관에게 다가갔다. 무기력하게 도망쳐 다니느니 싸우고 싶었기 때문이다. 초관이 얼굴을 찌푸렸다.

"얼른 가거라."

"아동대 소속 포수였어요. 여기서 돕겠습니다."

"아동대였다고?"

상동이 고개를 끄덕였다.

"그러면 조총을 장전할 수 있겠구나."

"네."

"저기 뒷줄 오른쪽 끝에 가 있거라."

검고 마른 얼굴의 포수가 말을 걸어왔다.

"몇 살이야? 이름은?"

"열다섯요. 상동이라 합니다."

"나보다 열 살 아래네. 내 이름은 현막이야. 오현막."

약간은 심술궂게 생겼는데 의외로 정감 있는 말투였다. 상동이 뒤에 서자 현막이라는 이름의 포수가 물었다.

"괴물을 봤니?"

마른침을 삼킨 상동이 고개를 끄덕였다.

"어떻게 생겼더냐?"

"네 개의 기다란 다리에 계란처럼 생긴 몸통을 가지고 있습니다. 아래로 촉수 같은 게 튀어나와 있는데 거기 사람 눈처럼 생긴 데서 녹색 광선을 쏘아댑니다. 그걸 맞으면……"

상동의 대답이 이어지려는 찰나, 가까이서 폭발음이 들렸다. 땅이 울리자 다들 기겁을 했고, 기울어져 있던 길옆의 초가집 몇 채는 그대로 주저앉았다. 하늘로 치솟는 불기둥을 본 현막이 중얼거렸다.

"어마어마하네. 뒤쪽에 염초청이 있는데 걱정이네."

"염초청이 뭔데요?"

"화약을 만들 때 필요한 염초를 만드는 곳이다. 거기 화약이 산더미처럼 쌓여 있어서 터지면 주변이 다 쑥대밭이 된다고 봐야 해."

현막의 대답과 동시에 초관의 외침이 들렸다.

"사귀가 나타났다!"

포수들이 일제히 화문에 점화약을 넣고 가볍게 흔들어서 총열에 장전된 화약과 섞이게 했다. 그리고 용두에 끼워

진 화승을 입으로 불어 불을 키웠다. 다들 긴장한 표정으로 앞쪽을 바라보는 가운데 드디어 종로에서 학살극을 벌인 금속 기계가 모습을 드러냈다. 생각보다 큰 모습에 병사들은 입을 살짝 벌린 채 고개를 들었다. 초관이 호통을 쳤다.

"정신 차려! 우리가 버텨야 백성들이 한 명이라도 더 피할 수 있다!"

초관의 외침에 다들 바짝 긴장한 표정으로 우렁차게 대답했다. 초관이 환도를 치켜들었다.

"사귀의 몸통을 겨눈다. 거발!"

초관의 외침이 끝나자마자 훈련도감의 포수들이 일제히 조총을 겨누고 발사했다. 조총을 여러 번 쏘아본 상동은 두 손으로 귀를 막았다. 콩을 볶는 것 같은 요란한 소리와 함께 수십 발의 탄환이 날아갔고, 대부분 금속 기계의 몸통에 명중했다. 여기저기 구멍이 나면서 비틀거리는 걸 본 상동이는 환호성을 질렀다. 처음으로 타격을 준 것이기 때문이다. 하지만 비틀거리던 금속 기계가 다시 균형을 잡았다. 그리고 뭔가 울부짖는 소리를 냈다. 쇠가 긁히는 소리 같기도 하고, 맹수가 으르렁거리는 소리랑도 닮았는데 듣고 있으면 대단히 기분이 나빠지고 무서웠다. 다들 어쩔 줄 몰라 하는데 다시 초관이 외쳤다.

"뭣들 하느냐! 어서 세총을 하고 화약을 장전하라!"

현막을 비롯한 포수들이 서둘러 조총을 세우고 삭장을 총구 안에 쑤셔 넣어 닦았다. 상동은 현막에게 삭질*을 마친 삭장을 건네받았다. 그사이 죽관을 꺼내 총구 안에 화약을 살살 부은 현막에게, 상동이 다시 삭장을 넘겼다.

"그런데 저놈을 왜 사귀라고 불러요?"

총열 안을 쑤셔서 부은 화약을 다진 현막이 다시 삭장을 넘겨주며 대답했다.

"몰라. 아침에 누가 와서 다리 네 개 달린 귀신 같은 게 나타났다고 해서 사귀라고 불러. 그냥."

서둘러 대답한 현막이 오구의 주둥이를 총구에 대고 흔들어서 총알을 하나 떨어뜨렸다. 그리고 다시 삭장을 넘겨받아서 종이와 함께 쑤셔댔다. 다들 정신없이 서둘러 금방 장전을 마쳤다. 초관이 소리쳤다.

"몸통 말고 다리를 겨눈다. 다리!"

화문에 점화약을 붓던 현막이 투덜거렸다.

---

* 조총이나 포를 쏠 때, 삭장을 총구에 넣고 위아래로 쑤셔서 닦거나 다지는 동작

"몸통도 맞추기 어려운데 대나무처럼 가느다란 다리를 무슨 수로 맞춰."

말은 그렇게 했지만 현막은 조총으로 사귀의 다리를 겨눴다. 그사이 사귀는 더 가까이 다가왔다. 하지만 포수들은 대열을 풀지 않았고, 초관도 숨지 않았다.

"앞쪽 다리를 향해 거발!"

이번에는 서둘러 명령을 내려서 그런지 한꺼번에 발사되지는 않았다. 하지만 날아간 탄환 상당수가 사귀의 다리에 박혔다. 팅팅거리는 소리와 함께 불꽃 같은 게 튀었다. 특히, 중간에 꺾이는 관절 부분에 명중하면서 아까보다 더 크게 휘청거렸다. 포수들이 환성을 질렀고, 냉정하던 초관 역시 기쁨을 감추지 못했다. 비틀거리던 사귀는 그대로 옆으로 쓰러지면서 개천으로 넘어졌다. 충격 때문인지 계란처럼 생긴 몸통 여기저기가 찌그러지고 금이 갔다. 네 개의 다리 중 두 개는 넘어진 충격으로 부러져버렸고, 남은 다리도 제대로 움직이지 못한 채 허공을 긁어댔다. 근처에 있던 백성들도 신이 나서 환호성을 질렀다. 하지만 곧 초관이 냉정을 되찾았다.

"현막아! 몇 명이랑 염초청에 가서 5호 불랑기를 가져오너라.”

“불랑기요?”

현막의 물음에 초관이 턱으로 넘어진 사귀를 가리키며 덧붙였다.

“며칠 전에 중문 창고에 가져다 놓은 거 말이야. 저놈의 몸통을 깨려면 화포가 필요할 거 같아.”

고개를 끄덕거린 현막이 조총을 어깨에 멨다. 그러면서 상동을 쳐다봤다.

“가자.”

상동은 현막과 몇 명의 포수들과 함께 염초청으로 달려갔다. 개천 옆에 있는 염초청으로 들어서자 산더미처럼 쌓인 흙과 매캐한 냄새가 풍겨왔다. 중문을 열고 들어가 문 옆에 있는 작은 창고로 향했다. 자물쇠가 채워져 있었지만 현막이 조총의 개머리판으로 내리쳐서 부수었다. 삐걱거리는 소리를 내며 활짝 열린 창고 안에는 불랑기의 모포와 자포 그리고 화약과 철환 같은 게 보였다. 현막이 동료들과 함께 불랑기를 앞뒤로 들었고, 다른 동료가 화약과 철환을 챙겼다. 철환을 챙기려던 상동의 눈에 벽에 기대져 있는 낯익은 것이 보였다.

“대조총?”

아동대의 교관인 산소우가 오오쓰쓰라고 부르며 보여줬던 대조총은 그냥 조총보다 총구가 열 배는 컸다. 무겁고 반동도 어마어마했지만 대신 돌이나 벽도 한 번에 부술 만큼 엄청난 위력을 자랑했다. 쏴보고 싶었지만 산소우가 한 방 쏘고 뒤로 넘어지는 걸 보고는 포기했었다. 하지만 지금은 키도 좀 컸고 몇 살 더 먹었으니 괜찮을 것 같았다. 대조총 옆에는 탄환이 두 개 정도 있었다. 그것까지 챙긴 상동이 낑낑거리며 나오자 불랑기를 들고 있던 현막이 물었다.

“그건 또 왜 가지고 나오는 거야?”

“쓸 데가 있을 거 같아서요.”

상동이 숨을 헐떡거리며 도착할 무렵에는 이미 불랑기 5호는 바닥에 놓인 상태에서 장전이 이뤄지고 있었다. 개천에 넘어진 사귀는 버둥거리며 일어나려고 했지만 번번이 실패했다. 그러자 아까와 비슷하면서 다른 소리를 냈다. 그걸 들은 초관이 다급하게 말했다.

“자기편을 부르는 소리 같다. 서둘러라!”

불랑기는 모포에 자포를 끼우는 방식으로 쏘는 거라 여러 발을 빠르게 쏠 수 있었고, 무엇보다 다른 화포보다 가벼운 편이었다. 그래서 처음에 명나라 군대에서 사용하는 걸 보고 조선군도 따라 만들었다. 아동대 시절에도 호준포와 함께 몇 번 훈련해 본 적이 있어서 상동에게도 익숙한 무기였다. 모포에 자포를 끼운 병사가 준비됐다고 외치자 현막이 초관에게 외쳤다.

"쏠까요?"

"어서 쏴!"

초관의 외침에 현막이 가지고 있던 화승을 불랑기에 갖다댔다. 상동이 얼른 두 손으로 귀를 막았다. 어마어마한 폭음과 함께 불랑기가 발사되었다. 날아간 포탄은 쓰러진 사귀의 둥근 몸통에 명중했다. 맞은 부분이 푹 찌그러지면서 크게 구멍이 났고, 거기에서 녹색의 액체가 콸콸 흘러나왔다.

"와! 명중이다!"

현막이 두 손을 번쩍 들고 기뻐하는 가운데 골목 여기저기에 숨어 있던 백성들도 앞다퉈 환호성을 질렀다. 하지만 그 순간, 멀리서 날아온 녹색 광선이 환호하던 백성들을 집어삼켰다. 새로운 사귀가 성큼성큼 걸으며 다가왔다. 개천에 쓰러진 채 부서진 동료를 보고 분노했는지 낯설고 무서운 울음소리를 냈다. 하지만 초관은 물러나지 않았다.

"서둘러 장전하라!"

그 순간, 사귀가 쏜 녹색 광선이 포수들의 대열을 강타했다. 앞줄의 포수들은 대부분 녹색 광선을 뒤집어쓰고 녹아버렸다. 그들이 뱉어내는 끔찍한 비명소리에 상동은 몇 년 전 아동대 시절 겪었던 일들이 떠오르며 꼼짝도 하지 못하고 그 자리에 주저앉았다. 하지만 현막은 재빨리 화약과 포탄을 장전한 자포를 모포에 끼우면서 외쳤다.

"장전 완료했습니다. 그런데 사귀의 몸통이 가까워 불랑기를 조준할 수 없습니다!"

그러자 초관이 환도를 내팽개치며 다가왔다.

"얼른 불이나 붙여."

시키는 대로 현막이 불랑기에 불을 붙이자 초관이 고함과 함께 두 팔로 불랑기를 끌어안고 포구를 위쪽으로 올렸다. 그걸 본 상동이 외쳤다.

"위험해요!"

잠시 후, 엄청난 포성과 함께 불랑기가 뒤쪽으로 튕겨 나갔다. 초관은 튕겨나간 불랑기에 얻어맞고는 옆으로 쓰러졌다. 날아간 포탄은 다가오던 두 번째 사귀의 아래쪽 촉수 근처에 맞았다. 촉수가 힘없이 축 늘어지면서 녹색 액체가 쏟아져나왔다. 하지만 위쪽의 촉수는 그대로 움직이며 자신을 쏜 불랑기를 향해 녹색 광선을 발사했다.

"피해!"

현막은 외치는 것과 동시에 상동을 끌어안고 엎드렸다. 불랑기와 같이 있던 화약이 터지면서 둘은 그대로 날아가 무너진 담장에 떨어졌다. 아픔에 몸부림을 치던 상동이 축 늘어져 있던 현막에게 물었다.

"아저씨! 괜찮아요?"

"안 괜찮아. 못 움직이겠어."

현막의 등은 뼈가 보일 정도로 헤집어져 있었고, 삽시간에 피가 등을 적셨다. 어쩔 줄 몰라 하는 상동에게 현막이 말했다.

"뭐해? 대조총으로 한 방 먹여!"

가까스로 정신을 차린 상동은 대조총을 집어 총구에 화약을 쑤셔 넣었다. 하지만 함께 가지고 온 포탄이 없어서 일단 담장의 돌을 끼워 넣었다. 상동이 장전하는 모습을 보던 현막은 '제법이네'라고 중얼거리고는 그대로 눈을 감았다. 그 사이 아래쪽 촉수가 파괴된 사귀는 위쪽 촉수로 녹색 광선을 뿌려댔다. 건물이 부서지는 소리와 사람들의 비명소리가 아스라이 들렸다. 상동은 이를 악물고 대조총을 들어 다가오는 사귀를 겨눴다. 어마어마한 무게에 반동도 만만치 않을 것 같아 두려웠지만 눈앞에 쓰러져 있는 현막 아저씨와 전멸당한 훈련도감의 포수들을 떠올리며 이를 악물고 대조총을 겨눴다.

"이 악귀 같은 놈! 우리가 무슨 죄가 있다고!"

상동은 눈앞에 다가온 다리를 겨눴다. 쾅, 하는 소리와 함께 어마어마한 충격을 받고 그대로 뒤로 나가떨어졌다. 망치로 한 대 맞은 것 같은 고통에 잠깐 숨을 쉴 수가 없었다. 이리저리 몸부림을 치다가 겨우 정신을 차리고 몸을 일으켰다. 대조총에 맞은 사귀의 다리는 두 동강이 나 있었다. 다리 하나를 잃은 사귀는 비틀거리다 옆으로 넘어졌다. 땅이 울리는 충격과 함께 자욱한 먼지가 피어올랐다. 콜록거리면서 일어난 상동은 무너진 담장 위에 엎어진 현막에게 다가갔다. 그리고 축 늘어진 현막의 어깨에 손을 올리며 중얼거렸다.

"해치웠어요. 아저씨."

그리고 현막이 메고 있던 죽관과 오구, 조총을 챙겼다.

대조총은 너무 무거운 데다 포탄도 없어져서 아쉽지만 놓고 가기로 했다. 화승까지 챙긴 상동은 서둘러 동대문을 향해 달렸다. 살육을 지켜보던 새벽은 어느새 물러났고, 햇빛이 쏟아지고 있었다. 정신없이 동대문까지 뛰어가자, 사람들이 구름처럼 모여 있었다. 좁은 동대문으로 사람들이 몰리면서 길이 거의 막혀버린 것이다. 동대문은 바깥쪽에 성문을 두른 옹성이 있어 사람들이 더 몰린 것 같았다.

"저렇게 모여 있다가 사귀라도 나타나면……"

상동은 성벽 위로 올라가는 백성들을 따라가려다가 고개를 저었다.

"떨어져서 다리를 다치기라도 하면 뛰지도 못해."

그러다 문뜩 빠져나갈 곳을 떠올렸다.

"오간수문으로 나가자."

동대문 남쪽에는 물이 빠져나가는 수문이 있었다. 모두 다섯 개라 오간수문이라고 불렀다. 평소에는 사람이 지나갈 수 없지만 지금은 그런 걸 따질 때가 아니었다. 상동이 개천 쪽으로 발길을 돌리자 같은 생각을 가진 몇몇이 오간수문 쪽으로 향하는 게 보였다. 개천은 악취가 풍겼고, 허리까지 푹푹 빠졌다. 상동은 조총과 화약이 물에 젖지 않도

록 높이 치켜든 채 수문 쪽으로 걸어갔다. 수문 안에는 사람이 드나들지 못하고 쇠막대기 같은 것이 끼워져 있었는데 사람들이 그걸 뽑아내고 넘어가는 중이었다. 넘어지지 않게 조심하면서 걸어가는데 갑자기 뒤쪽에서 이제는 익숙해진 섬뜩한 울음소리가 들렸다.

"저건!"

놀란 상동이 고개를 돌리자 사귀 하나가 아니라 여럿이 무리 지어서 동대문 쪽으로 다가오고 있었다. 동료의 죽음을 목격했는지 하나같이 사납게 울부짖으며 다리로 유독 강하게 땅을 내리찍었다. 몇 개의 다리에는 아까 봤던 무예별감처럼 시신이 꿰뚫려 있었다. 사귀가 나타나자 동대문에 몰려 있던 사람들은 비명을 지르며 빠져나가려고 했지만, 오히려 뒤범벅이 되고 말았다. 수문으로 들어 가려던 상동이 목이 터져라 외쳤다.

"여기예요! 여기로 오세요."

상동의 목소리를 들은 몇 명이 허겁지겁 몸을 돌렸다. 하지만 거의 동시에 사귀들이 일제히 위아래에 달린 촉수로 녹색 광선을 발사했다.

"아, 안 돼!"

일직선으로 날아간 여러 개의 녹색 광선은 동대문의 문루와 성문에 명중했다. 엄청난 폭발과 함께 돌과 기와 조각 그리고 사람들이 하늘 높이 치솟았다. 화약이 터질 때처럼 매캐한 냄새가 나지는 않았지만 마치 사람이 썩는 것 같은 불쾌한 냄새가 밀려왔다. 부서진 돌덩이와 기와 조각들은 수문이 있는 개천까지 날아왔고, 몇 명은 그걸 맞고 쓰러졌다. 다행히, 상동은 수문 안에 들어와 있어서 파편을 맞지는 않았다. 허겁지겁 수문을 빠져나온 뒤에야 왜 사람들이 동대문을 제대로 빠져나오지 못했는지 알 수 있었다.

"저런, 말도 안 돼!"

옹성의 출입문에 두 개의 가마가 나란히 끼어 있었다. 그 바람에 사람들이 제대로 빠져나가지 못한 것이다. 가마 때문에 사람들이 떼죽음을 당했다는 사실에 어처구니 없으면서 주먹이 부르르 떨릴 정도로 화가 났다. 하지만 동대문을 박살 낸 사귀들이 부서진 잔해를 넘어올 기미를 보이자 서둘러 도망쳐야만 했다. 살아남은 이들은 마구 달렸다. 왜란이 끝나고 명나라 장수들의 요청으로 동대문 밖에 지어진 동관왕묘도 사귀들이 쏜 녹색 광선에 맞아 산산조각 났다. 상동이는 정신없이 사람들 틈에 끼어서 달렸다. 하지만 새벽부터 쉴 새 없이 달린 탓에 금세 지치고 말았다. 다른 사람들도 마찬가지였는지 숨을 헐떡거리며 주저앉거나 비틀거렸다. 그러다가 자연스럽게 길 왼쪽에 있는 동망산으로 올라갔다. 야트막했지만 나무가 우거져 몸을 숨기기에 좋을 것 같았다. 바위와 나무가 엉켜 있는 산꼭대기에는 이미 많은 한양의 백성들이 피신한 상태였다. 여기저기 모여 앉은 그들은 불바다가 된 한양을 보면서 신음과 한탄을 쏟아냈다. 미처 빠져나오지 못하거나 도망치다가 헤어진 가족을 찾으며 애타게 부르는 목소리로 가득했다.

바위에 걸터앉은 상동은 혹시나 하고 주변을 돌아봤다. 거지 패거리 중에 무사히 도망친 이들이 있을까 살펴봤지만 아무도 보이지 않았다. 먹을 것을 두고 자주 싸우기는 했지만 그나마 정이 들었던 가족 같았는데 아쉽고 슬펐다. 그때 낯익은 목소리가 들렸다.

"상동이 아니냐?"

놀랍게도 덕배 할아버지가 나무 사이에 누워 있는 게 보였다. 한쪽 다리가 피로 시뻘게져 있었다.

"할아버지!"

놀라서 다가온 상동을 본 덕배 할아버지가 얼굴을 찡그

렸다.

"성문이 막혀 성벽에서 뛰어내리다 다리가 부러진 것 같아. 근처에 있는 장정들이 부축해서 여기까지 왔다."

"다행이에요. 움막이 돌에 맞고 찌그러져 있어서 돌아가신 줄 알았어요."

"너는 어땠느냐?"

"구경하러 갔다가 죽을 뻔했어요."

반가운 마음과 아까 넘긴 죽을 고비를 떠올리며 울컥해진 상동이 훌쩍거리자 누워 있던 덕배 할아버지가 쓴웃음을 지었다.

"너는 해야 할 일을 끝낼 때까지 죽지는 않을 게다."

"그나저나 훈련도감 포수들이 사귀라고 부르는 저 기괴한 괴물들은 대체 어디서 온 겁니까?"

"너도 보지 않았느냐? 하늘에서 내려온걸."

"어떻게 하늘에서 저런 게 내려옵니까? 왜놈들은 배를 타고 바다를 건너왔지만요."

덕배 할아버지는 고개를 저었다.

"하늘보다 더 먼 곳에서 왔지. 이제 임진년의 왜란보다 더한 일이 벌어질 게다."

"앞으로 어찌해야 합니까?"

잠시 생각하던 덕배 할아버지가 말했다.

"남쪽으로 가거라."

"거기로 가면 사괴들을 피할 수 있나요?"

"남해와 노량 사이 먼 바다에 월령도라는 섬이 있다. 거기에 그분이 계신다."

"그분이요?"

쿨럭거리며 피를 살짝 토한 덕배 할아버지가 고통스러워했다. 그 와중에 누군가 외치는 소리가 들렸다.

"한양에서 이상한 게 날아온다!"

고개를 든 상동의 눈에 괴상한 것들이 보였다. 가오리처럼 생겼는데 하늘에 둥둥 떠서 날아다녔다. 위쪽으로 촉수가 하나 달려 있었다. 사괴의 몸통이 녹색인 반면, 이건 회색과 검은색이 묘하게 섞인 느낌이었다. 서서히 날아오는 걸 보면서 사람들이 날틀이라고 중얼거렸다. 그것의 이름은 자연스럽게 날틀이 되었다. 날틀은 모두 세 대였고, 가운데가 앞에, 나머지 두 개가 양쪽 옆에서 약간 뒤쳐져 다가오는 중이었다. 양반 한 명이 한탄을 토해냈다.

"아니, 우리 군대와 병사들은 다 어디 갔단 말인가? 임진년처럼 무기를 버리고 도망쳐버린 건가?"

그러자 발끈한 상동이 대꾸했다.

"아닙니다. 아까 동관왕묘 앞에서 초관이 이끄는 훈련도감 포수들이 사괴를 둘이나 처치했습니다."

상동이가 대꾸하는 와중에도 날틀은 점점 가까이 다가왔다. 이미 그들이 저지른 살육을 지켜봤거나 전해 들었던 백성들은 앞다퉈 산 아래로 도망쳤다. 상동이도 누워 있는 덕배 할아버지를 부축해 도망치려 했다. 하지만 덕배 할아버지는 손을 휘휘 저었다.

"난 못 움직인다. 어서 도망쳐서 월령도로 가거라. 꼭."

"거기 누가 있다고 그래요?"

"조선을 구할 마지막 희망이지."

입술을 파르르 떤 덕배 할아버지가 덧붙였다.

"삼도수군 통제사 이순신 영감님이 거기 계신다."

깜짝 놀란 상동이 물었다.

"그분은 노량 해전에서 전사하지 않으셨습니까? 왜군들이 쏜 조총에 맞아서요."

"아니다. 처음에는 겨드랑이에 탄환을 맞고 돌아가신 줄 알고 고금도의 본영에 모셨는데 새벽에 도로 숨이 트이고 정신을 차리셨단다.”

“그런데 왜?”

상동의 물음에 덕배 할아버지가 힘없이 말했다.

“주상 전하께서 이순신 영감님을 믿지 못하고 있는 상황이라 전쟁이 끝나면 어떤 핑계를 대서라도 처벌할 거라는 소문이 파다했으니까.”

“그래서 은거하신 거군요.”

“남은 가족과 측근을 위해서라도 그게 가장 좋은 방법이었어. 그래서 내가 월령도로 모시고 갔지.”

“지금도 거기 계십니까?”

“공식적으로는 돌아가셨으니까. 그리고 내가 나라에 큰 위기가 처할 것이니 기다리라 말씀드렸다.”

“그게 바로 오늘이군요.”

얘기를 주고받는 사이 날틀은 동망산에 바짝 붙었다. 그러면서 촉수로 녹색 광선을 쏘아댔다. 바위와 나무가 부서져 나가고 근처에 있던 사람들도 비명을 지르며 함께 부서졌다. 살아남은 사람들은 있는 힘껏 도망쳤다.

“여기 있으면 죽어요. 어서 움직여요!”

“너를 만났으니 내 할 일은 다 끝났어. 이제 여한이 없으니 가거라. 어차피 다리가 부러져서 움직이지 못해."

단호하게 말한 덕배 할아버지가 상동을 두 손으로 힘껏 떠밀고는 돌아누웠다. 상동은 더 이상 어쩌지 못하고 동망산을 내려왔다. 날틀은 사괴처럼 이상한 울음소리를 내지는 않았지만 계속 들으면 머리가 어지러워지는 이상한 소리를 냈다. 산꼭대기는 날틀이 쏘아댄 녹색 광선이 연거푸 터지면서 불길이 가득했다. 거기에 누워 있던 덕배 할아버지의 최후를 상상하던 상동은 조총을 움켜쥔 채 도망쳤다. 하지만 날틀은 동망산을 넘어 여전히 날아왔다. 아주 빠르지는 않았지만 사람이 뛰는 속도와 비슷해 금방 따라잡혔다. 숨을 헐떡거리던 상동이 길옆에 있는 바위 뒤에 몸을 숨기고 조총을 장전했다. 안 쏴 본 지 몇 년이 지났지만 그때 배운 걸 잊지 않아 금방 장전하는 데 성공할 수 있었다. 가지고 있던 화승을 용두에 끼운 다음에 조총을 들어 다가오는 날틀을 겨냥했다. 하지만 날틀 역시 사괴처럼 조총에 타격을 입을 것 같지는 않았다. 거기다 사괴는 다리라는 약점이라도 있었지만 날틀은 약점도 보이지 않았다. 고민하던 상동이 좌우로 꿈틀거리는 날틀 위의 촉수를 봤다. 사괴처럼 촉수 끝에 사람 눈같이 생긴 것이 달려 있었는데 훨씬 더 컸다.

"저걸 맞추면!"

상동이 산소우가 해줬던 얘기를 떠올렸다.

"조총은 잘 맞지만 더 잘 맞히려면 최대한 가까이 끌어 들여야 한다. 이십 보 정도 거리면 아무리 두꺼운 갑옷이라 해도 한방에 뚫을 수 있다."

그 말을 되새긴 상동은 숨을 곳을 찾았다. 촉수 끝에 달린 것이 뭔가를 볼 수 있다면 위아래에 달린 사괴와는 달리 위쪽에만 있는 날틀은 주변을 잘 보지 못할 것 같았다. 숨을 곳을 찾던 상동의 눈에 사당이 보였다. 작은 사당은 옆에 큰 나무가 있어서 그 사이로 들어가면 몸을 숨길 수 있을 것 같았다.

예상했던 대로 사당의 처마와 나무가 맞닿은 곳은 밖에서는 잘 보이지 않았다. 상동은 그곳에 자리 잡고 조총을 겨눴다. 뒤따라오던 날틀이 주변에 녹색 광선을 쏘아대느라 뒤처졌고, 가운데 있던 날틀만 혼자서 앞으로 다가오고 있었다. 날틀이 가까이 다가오자 웅웅거리는 소리가 더 커졌고, 얼굴이 찌푸려질 만큼 고통스러웠다. 하지만 꾹 참으며 상동은 조총으로 날틀의 위쪽에 달린 촉수를 겨눴다. 정확하게는 촉수의 눈을 겨눴다. 거리가 점점 가까워졌는데 더 가까워지면 날틀의 몸통에 가려져 눈이 보이지 않을 것 같았다. 심호흡을 하며 조준하던 상동이 외쳤다.

"거발!"

방아쇠를 당기자, 화승을 물고 있던 용두가 철컥거리며 화문에 닿았다. 치직거리는 소리가 잠시 들리더니 곧 요란한 총성과 함께 탄환이 날아갔다. 마지막 순간까지 눈을 감은 채 조준하고 있던 상동은 살짝 눈을 뜨고 살펴봤다. 탄환은 날틀의 촉수 끝에 달린 눈 모서리에 명중했다. 날틀의 눈에서는 눈물인지 피인지 알 수 없는 검은 액체가 뚝뚝 떨어졌다. 그리고 고통스러운 듯 몸부림을 치면서 빙빙 돌았는데 그럴수록 웅웅거리는 소리가 커졌다. 뒤처진 두 대의 날틀이 다가오면서 동료를 공격한 자를 찾기 위해서 주변을 두리번거렸다. 상동은 수풀로 몸을 날렸다. 다행히 두 대의 날틀은 상동을 찾지 못하고 부상 당한 동료와 함께 동대문 쪽으로 사라졌다. 상동은 안도의 한숨을 내쉬었다.

"남해의 월령도라고?"


바다가 보이는 마루에서 책을 읽던 그는 천천히 몸을 일으켰다. 임진년의 사천해전에서 조총에 맞은 왼쪽 어깨는 여전히 욱신거렸고, 계사년 노량에서 싸우다가 죽음의 문턱에 이르게 했던 오른쪽 겨드랑이의 상처 역시 움직일 때마다 통증을 안겨 주었다. 하지만 가만히 있으면 답답하기도 하고, 더 아픈 것 같아 억지로라도 움직여야 했다. 어제 내린 가을비를 머금었던 초가집의 모서리 처마가 조금씩 물을 토해내면서 아래에 있는 항아리를 채우는 중이었다. 월령도는 따뜻하고 바람이 부드러웠지만 물이 적어 늘 힘들었다. 그가 마루 끝에 서서 바다를 바라보자 부엌에 있던 부안댁이 모습을 드러냈다.

"어디 편찮으십니까?"

부안댁의 물음에 그가 웃으며 대답했다.

"아니요. 그냥 책을 오래 읽었더니 몸이 쑤셔서 말이오."

"어제 주무시다가 악몽을 꾸신 것 같던데 괜찮으십니까?"

조심스러운 부안댁의 질문에 그는 댓돌에 있는 짚신을 신으며 대꾸했다.

"괜찮았지만 이상한 꿈이었소."

"어떤 꿈이었습니까?"

마당에 나와 바다를 바라보던 그가 뒷짐을 지었다. 계사년 겨울에 치열한 싸움이 벌어졌던 노량은 보이지 않았지만, 그때의 기억은 어제 같았다. 본국으로 돌아가려는 왜구를 하나라도 더 때려잡기 위해 야습을 감행했고, 엄청난 피해 끝에 주력을 괴멸시켰다. 하지만 그 대가로 너무 많은 희생이 있었다. 낮게 한숨을 쉰 그는 그 당시 전사한 부하 장수들의 이름을 중얼거렸다.

"방덕룡, 고득장, 이영남, 이언량, 이설, 정기수, 나치용, 오용운, 오극성, 남병, 나득룡, 김몽성, 이충실, 김덕방, 김예의, 김득효, 강극경, 이덕수, 김득룡, 이응춘, 신인수, 김두홍, 이덕경, 김말동, 김백운, 그리고 안헌."

그들 외에 이름조차 남기지 못한 수군들이 수없이 죽었다. 그리고 공식적으로는 그 역시 전사했다. 고금도 본영의 월송대에 가매장되었던 시신은 다음 해 봄에 장인의 고향인 아산으로 옮겨졌다. 그는 울부짖는 백성들 사이에서 운구되는 자신의 관을 멀리서 바라보았다.

그때 의관이자 뛰어난 점쟁이였던 조덕배의 말이 떠올랐다.

"내가 다시 한번 조선을 구한다고 했지……. 그가 틀린 말을 한 적은 없으니 기다려 봐야지.”

그런데 어제 꾸었던 꿈이 정말로 이상했다. 하늘에서 내려온 이상한 존재들이 한양을 쑥대밭으로 만들어버린 것이다. 사람은 아니고, 그렇다고 귀신도 아니었다.

‘대체 무엇일까?’

부안댁이 조심스럽게 말했다.

“바다를 보니 비가 다시 올 모양입니다. 어서 안으로 드시지요.”

그녀의 말대로 먼바다에서 회색 구름이 보였다. 섬 근처의 어선들도 서둘러 돌아오는 중이었다. 그는 짚신을 벗고 방으로 들어갔다. 좁은 방 안에는 책을 읽을 수 있는 탁자를 비롯해 책을 쌓아놓은 사방탁자 그리고 벽의 횃대에 걸린 붉은색 철릭, 벽에 걸려 있는 두 자루의 장검이 있었다. 바닥에 앉으려던 그는 칼날에 적힌 글씨를 바라봤다. 솜씨 좋은 장인 태귀련과 이무생이 만든 두 자루 칼에는 그가 직접 지은 시구가 적혀 있었다.


석 자 칼로 하늘에 맹세하니 산하가 떨고

三尺誓天山河動色,

한 번 휘둘러 쓸어버리니 피가 산하를 물들인다.

一揮掃蕩血染山河


삼도수군통제사이자 수많은 해전을 승리로 이끌었던 이순신은 앞으로 다가올 새로운 싸움을 떠올리며 마음을 다스렸다.

이번 앤솔로지는 조선과 SF가 만나면 어떤 일이 벌어질까, 라는 말도 안 되는 상상력이 궁극적인 출발점이었습니다. 때로는 어울리지 않는 것들이 가장 잘 어울릴 수 있다는 건 우리 삶에서 종종 만날 수 있습니다. 예컨대 레드와인에 김치찌개가 잘 어울리는 것처럼 말이죠. 작가의 상상력은 때로는 불가능하다고 생각되는 지점을 바라봐야 한다고 믿습니다. 특히, 상상력이 필요한 청소년에게는 더더욱 그래야 한다고 생각합니다. 우리는 흔히 과거와 미래가 어울리지 않는다고 생각합니다. 하지만 과거라는 발판이 없다면 미래는 존재할 수 없습니다. 조선 SF 앤솔로지가 딱 그 지점입니다. 상상할 수 없는 공간에서 상상하면서 문학적 성취감은 물론 삶의 중요한 지점인 미래를 생각할 수 있으니까요.

상상력은 불가능을 가능으로 만들어주고 포기를 희망으로 바꿔줍니다. 우리 역사 속에는 실제로 상상력을 자극할 수 있는 지점이 많이 있습니다. UFO를 연상시키는 무언가를 발견한 기록이 있으며, 외계인으로 추정되는 존재와 마주친 흔적도 남아 있으니까요. 이 작품은 조선 시대에 외계인이 쳐들어오면 어떤 일이 벌어질지 상상하면서 썼습니다. 여러분의 호응이 있다면 뒷이야기도 쓸 준비가 되어 있습니다. 재미있게 읽고 멋진 상상력의 날개를 펼쳐주세요.

**봄마중 청소년숲**

## 목요일의 아이

---

**초판 1쇄 발행 2026. 4. 5.**

**지은이**  곽유진 남유하 범유진 정명섭
**발행인**  이상용 이성훈
**발행처**  봄마중
**출판등록**  제2022-000024호
**주소**  경기도 파주시 회동길 363-15
**대표전화**  031-955-6031
**팩스**  031-955-6036
**전자우편**  bom-majung@naver.com

ISBN 979-11-94728-26-9 43810

---

값은 뒤표지에 있습니다.
잘못된 책은 구입한 서점에서 바꾸어 드립니다.
본 도서에 대한 문의사항은 이메일을 통해 주십시오.

봄마중은 청아출판사의 청소년·아동 브랜드입니다.